# 草原のサーカス

彩瀬まる
Maru Ayase

新潮社

# 草原のサーカス

# I

　サーカスのチラシを見つけたのは、引っ越しを三日後に控えた日曜日の午後だった。それは新築マンションの入居者募集やスーパーの特売、中古バイクの買い取りなどといった日常的な情報に挟まれたまま、靴箱の上に置き去りにされていた。父親か母親が郵便ポストから引っ張り出し、ろくに確認せず放置したのだろう。チラシの束には薄く埃がつもり、牛乳が三割引になる日付は一週間以上前のものだ。

　まるで知らぬ間に机に押し込まれた秘密の手紙を見つけた気分で、片桐依千佳《かたぎりいちか》は手にしたチラシをしげしげと眺めた。二十年ぶりの来日、と謳《うた》うカラフルな太字がまず目に飛び込んでくる。紙面の中央には赤とオレンジのストライプが入った三角屋根のテントのイラストが描かれ、その周囲を玉乗りをする熊やドレスを着た犬、火の輪をくぐる虎が囲んでいる。開催場所は隣町の河川敷公園で、今日が公演の最終日だった。

　普段は靴箱の上なんて気にも留めないのに、三十一年間住み続けた実家から出て行くという感傷が、依千佳に脈絡のない行動をとらせていた。唐突に冷蔵庫を開けて中の食材のラインナップを覚えておこうとしたり、母親のクローゼットに吊るされたワンピースに顔をうずめて防虫剤の臭いをかいでみたり、居間の古い壁掛け時計が急に自分にとって親密な、毎日を正しく送るために必要なものに思えてきて、それがない暮らしに突入することへの不安で涙ぐんだりと、とにかく落ち着かなかった。

　でもそのサーカスのチラシを見た途端、依千佳は朝から続く奇妙な焦りはこれに出会うためだったんだ、ときらきら光る運命のリボンをつかんだ気分になった。スマホを探し、立ったままチケットセンターに連絡する。案内によると、十六時から始まる最後の回にまだ若干の空席があるらしい。

　本当は両親も連れて行きたかったのだけど、最近は入荷した端から商品が売れてしまうため、二人とも仕入れに出かけている。依千佳は久しぶりに妹の部屋の扉をノックした。

「仁胡瑠《にこる》、入るよ」

　ううん、という鈍い声を返事と見なして扉を開ける。五つ年下の妹は寝間着にしているTシャツとハーフパンツ姿のまま、作業机の前で背中を丸めていた。小さなピンセットとやっとこを使い、今日もちょこちょこと細かなアクセサリーを作っている。大きな丸眼鏡をかけ、作業の邪魔になるらしい前髪を一つに結んでユニコーンの角のようにひょんと前方に跳ねさせた姿は、学生の頃から変わらない。

「ねえ、サーカスに行こう」

「サーカス？」

作業の手を止め、仁胡瑠は首を傾げた。

「荷造りしてたんじゃなかったっけ」

「だいたい終わった」

「ん、サーカス？　サーカスって言った？」

「そう、サーカス。子供の頃に一度だけ行ったの覚えてる？　河川敷に大きなテントが張られてたの。あのサーカス団が来日してるんだよ」

「ふーん、いつ行くの？」

「今から」

「今から！」

仁胡瑠はあっはっはと喉を反らして笑った。

「やっぱり依千佳って、夢の世界に生きてるよね」

「褒めてないでしょう」

「変わり者のお姉様のおかげで楽しいよ」

鼻歌交じりに言って、妹は前髪を結んでいたゴムを抜き取った。

河川敷には、茄子のへたみたいな形をした巨大なテントがそびえ立っていた。穏やかに流れる白っぽい川面を横目に、入り口のピエロに誘導されてテントへ入り、三階の観覧席に腰を下ろす。場内はゆるやかなすり鉢状に傾斜していて、中央の最も低い位置にステージがあった。ステージの周囲には、猛獣を逃げ出させないためだろうか、薄い金網が張られている。

「前もこんな感じだったかな」

いまいち思い出せずに呟くと、隣に座る仁胡瑠がスマホの画面に指を滑らせた。

「二十年前に来日したのは二軍のチームで、今来てるのは一軍だって」

「どういうこと?」

「有名なパフォーマーがいたり、出演する動物の中でも猛獣の数が多かったり、そんなサーカス団のメインのチームが一軍。猛獣の数が少なくて、演目も人間の曲芸が中心なのが二軍。若手スタッフが、子供向けのイベントに参加するのが三軍。テントや設備も違うみたいだよ」

「へえ、一番良いチームが来てくれたんだ」

「最近はうちの国、景気いいからね。採算がとれるんだ、きっと」

すうっと場内の照明が落ちる。開演時間だ。闇に覆われた観覧席は、一階から三階まで観客で埋め尽くされていた。

真っ暗なステージの中央、なにやら思案顔で歩き回るピエロにスポットライトが向けられた。どこか後ろめたさのにじむ仕草で周囲を窺《うかが》い、ピエロは恐る恐るステージの端に置かれた宝箱を開け、なかから一つかみの宝石を取り出した。頬をゆるめ、それをふところにいれた次の瞬間。

テントを切り裂かんばかりの咆哮《ほうこう》と共に、ステージの奥から一頭の虎が飛び出した。鮮やかなオレンジ色の毛皮をまとった虎はぐるぐると低い唸り声を上げ、獲物を狙う俊敏な動きで泡を食うピエロを追いかけ始める。虎に続いて、長い鞭を手にした猛獣使いも姿を現した。怒り狂う虎と猛獣使いから逃げ回り、ピエロはコミカルな仕草でぴょんと暗がりに姿を消す。

生きた虎の想像以上の迫力に圧倒され、すごいね、なんて囁くつもりで隣を見ると、仁胡瑠は集中した顔で演技に見入っていた。多少の照れくささをごまかしつつ、依千佳もステージに目を戻す。

猛獣使いのへそくりを盗んだ、愚かで愛嬌のあるピエロのドタバタ劇。それが今日の演目だった。動物たちのダンスや玉乗り、パフォーマーたちの見事な曲芸と、その合間に挟まれるピエロの寸劇に会場は大いに盛り上がった。音楽も、照明も、舞台装置も、一つ一つが意識にさざ波を立てるほど挑戦的なのに、全体を見ればきちんと調和がとれている。多くの人間が知恵と力を振り絞り、足並みをそろえて協働している素晴らしい演目だった。

パフォーマンスが終わり、ステージに並んで頭を下げる団員たちに向けて依千佳は惜しみない拍手を贈った。さすが一軍チームなだけあって、大きな虎が四頭も一度に出てきたり、熊が自転車を漕いだりと見ごたえのある芸が多かった。猛獣たちがステージに上がるたび、土と脂と香辛料を混ぜたような強い臭いがむっと鼻先に押し寄せるのも新鮮だった。けっして芳しくはないものの、妙に心を刺激する野蛮な臭い。

良い見世物に没頭したあとは、終わってもまだ夢が続いている気分になる。人の流れに乗って外に出ると、河川敷は美しい夕暮れに包まれていた。

テントの周囲には縁日さながらの屋台が並び、人々は杏色に染まる川を眺めつつ、思い思いに芝生に腰を下ろして飲食を楽しんでいた。ぴかぴかと光るおもちゃの腕輪や剣を買ってもらった子供たちが、お互いの点滅を追い回している。サーカスに乗じようというのだろう、ジャグリングやパントマイムをする大道芸人たちの姿も見られた。姉妹は夕飯を屋台で済ませることにして、いくつかの商品を買い、適当なビニール袋を芝生に敷いて腰を下ろした。

ビールで喉を潤し、依千佳は満ち足りた気分で口を開いた。

「二十年前もこうだったの、覚えてない？　お父さんとお母さんも一緒に家族四人でサーカスを見てさ、終わったらこうして屋台のものを食べながらゆっくり日が暮れていくのを眺めてた。夜が来るのに賑やかで、大人も子供もみんなご機嫌で、ずっと遊んでいられる天国みたいで……好きだったな。お母さんがビールを飲み過ぎて途中で寝ちゃったのもおかしかった。そんな姿、見たことなかったから」

サーカスという非日常と、屋台と、日暮れと、河川敷と、すべてがそろって初めて生じた特別な空間だったのだろう。親も子供も、家族も他人も、とろっとしたポタージュスープの中で溶けてしまったような安らかさがあった。幸せ、という言葉に行き当たるたび依千佳はあの素敵な夜のことを思い出す。

仁胡瑠は黙って考え込んでいた。まあ、覚えていなくても無理はない。彼女はまだ六歳だったのだ。返事を待たずに、依千佳は続けた。

「引っ越す前に来られてよかった。自分にとって大切なものがなにか、思い出せた気がする。付き合ってくれてありがとね」

「別に、暇だったから来ただけだよ。……ねえ、その時にも虎はいた？」

「虎？」

真面目な顔で仁胡瑠はうなずく。

「白い虎で、目が宝石みたいに青い。二十年前……そう、二軍だったから金網が古くて、錆《さ》びてて……逃げ出したのかな？　河川敷をわっと、突風みたいに走って行った」

「まさか！　そんなことがあったら大騒ぎになってるよ」

「うーん、そうだよなあ。白い虎……逃げた気がするんだけど、夢だったのかな」

「……たとえば二十年前の公演に白い虎がいたとして、その虎が逃げ出すようなストーリーだったんじゃない？　サーカスの演目が」

「あ、そうか！　そのストーリーを、勝手に頭の中で膨らませてたのか」

納得したのか、すっきりした顔で仁胡瑠はビールをあおる。

依千佳は少しがっかりした。記憶がない、というわけではなさそうなのに、この子はそんなよく分からない虎のことしか覚えていないのか。思えば妹には昔からこういうところがあった。自分の興味のあること以外、周囲にまったく関心を払わないのだ。たぶん、どうでもいいと思っている。姉である自分のことも、周りのことも、両親がずっとにこにこしていて、いつまでも遊んでいられるようだったあの素晴らしい夜のことも。

「私より、仁胡瑠の方がずっと変わってるよ」

「そう？」

「そうだよ」

夕暮れの河川敷を疾走する白い虎なんて、あの夜をいくら繰り返したって私には見えない。

*

真っ白い虎が駆けていく。

燃えながら砕けていく一筋の流星のように激しく命を輝かせ、暗い草原を疾走する。猛獣使いを傷つけてしまった。見つかれば射殺されるだろう。走る、走る。足が萎《な》え、空腹が体を蝕《むしば》んでも走り続ける。動物園で生まれた彼は獲物の狩り方を知らなかったし、そもそもこの異郷には獲物となる生き物が圧倒的に乏しかった。彼は唯一の持ち物である命をすり減らすことでいくつかの夜と朝を越えた。走って、走って、そしてある瞬間にぐしゃりと崩れ、そこから一歩も動けなくなった。肉体が壊れても飢えに苛《さいな》まれた意識は続いた。満天の星が、乾いた太陽が、ぐるりぐるりと空を巡る。獰猛《どうもう》な夏草が体を飲み込んでいく。音もなく流れる幅広の川。

たった一頭で世界と向き合い、たった一頭で死んだ虎は、その青い目玉でいったいなにを見ただろう。

ひからびた獣の亡骸《なきがら》は、今も私の胸に眠っている。

「どんな残酷童話だよって思ってた」

商品棚の中段に設置された幅六十センチ、奥行き三十センチのアクリルボックスの内側に紺色の画用紙を貼りつけながら、仁胡瑠は苦笑交じりに肩をすくめた。画用紙にはネイル用のきらきらした金のグリッターを散らし、満天の星を表現している。背景に続いて、ボックスの底部に灰色の塗料を軽く吹き付けて枯草っぽくしたプラスチック製の人工植物を敷き、荒野っぽく見せる。

レジでノートパソコンを叩いていた堂島《どうじま》は、ふーんと気のない相づちを打った。

「じゃあ、勘違い、勘違いだったってことか？」

「勘違いっていうより、うーん、妄想？　調べたら、虎が脱走して大パニック的な演目自体はあったみたい。子供の頃にサーカスで白い虎が逃げちゃうストーリーを見たことがあるってブログもいくつか見かけたし。ただそのストーリーでは、虎はちゃんと最後には捕まって、サーカスのスターに戻るんだ」

「六歳で、ずいぶんえげつない妄想をしたなあ」

「六歳だったから、人よりも虎に感情移入したんだよ。知らない土地で、たった一頭で逃げたらすごく寂しいし困るじゃないって。うちの両親がよく動物園に連れて行ってくれたから、白い虎は体が弱いっていうのも知ってたしね。ただ、ずっと覚えてた割になにが元ネタかぜんぜん思い出せなくて、絵本だったかな、アニメだったかなって、長い間もやもやしてたんだ」

口を動かしつつ、ディスプレイと雰囲気を合わせた小さなつるかごや、アンティーク調のフックをボックス内に設置し、値札を付けたアクセサリーをひっかけていく。

久しぶりに思い出した虎の物語をきっかけに、今月は流星をイメージしたシリーズを作ってみた。小粒だが輝きの強いクリスタルガラスを華奢なゴールドのチェーンでイヤリングや指輪に結び付け、さらさらと動きに合わせて揺れるよう調整した。邪魔にならず、だけど華やかさを保つ、適切なチェーンの長さを見つけるのが難しかった。

用意した三十点ほどの商品をすべて飾り終えると、ケースの内部は小さな銀河を閉じ込めたみたいになった。でき映えに満足し、仁胡瑠はアクリルボックスの前方のふたを閉じ、ブランド名の「lapis」と印字されたカードを貼り付ける。

「できた。チェックお願い」

「はいよ。――お、いいじゃないの」

「ちょっと詰めすぎかな？」

「いや、うちはじーっと集中して、宝探しみたいに商品を選ぶお客が多いから。このくらいごちゃごちゃしてた方が選びがいがあって喜ばれるよ」

指先でいくつかの商品の角度を調整し、堂島はアクリルボックスの鍵をかけた。

Tシャツから伸びた両腕にびっしりとタトゥーを入れ、日焼けした首にチェーンの太いネックレスを何本もぶら下げたチンピラっぽい外見だが、堂島は渋谷でアパレルメインのセレクトショップを経営するれっきとした商売人だ。店の一角にハンドメイドのアクセサリー作家の作品を集めたレンタルボックスコーナーを設けている。スペース代の他に売り上げの二割を支払うことになるが、それでもここで商品を見てホームページにアクセスしてくれるお客は多く、仁胡瑠にとってはありがたい取引先だ。

ボックスの鍵を束ねたキーホルダーをくるくると指で回しながら、堂島は楽しげな口調で言った。

「いやでも、仁胡瑠らしいよ。その残酷童話。六歳の頃からもう人間の本質ってのは変わらないんだな」

「なにそれ」

大げさな言い方に、仁胡瑠はくすりと笑う。暇になるとレジの裏で自己啓発本を開いている堂島は、時々どこかで借りてきたような硬い言葉を使う。

「なに、虎は私だって言いたいの？」

「そりゃそうだろう。童話でもなんでも、子供の頃から忘れられない話って、だいたい自分が投影されてるもんだ」

「うーん」

確かに思い当たる部分がないわけではない。逃げた虎が走り疲れて餓死するだけの悲惨な話がずっと頭から離れなかったのは、そこになんらかの憧れを感じたからだろう。

それに比べて姉が語る、やけに天国っぽい河川敷の記憶は、これっぽっちも自分の心を打たなかった。それどころか夢見がちで馬鹿馬鹿しいとすら感じた。すべての人間が幸せそうだったなんて、絶対にただの妄想だ。

姉の依千佳は、善良すぎるほど善良な人間だ。善良な人間の悪い癖で、すぐに「みんなのために」とか、「私も頑張らなくちゃ」とか変な気負いを見せる。子供の頃から素直で明るく、周囲を気づかう人だった。友人が多く、勤め先も堅実で、付き合いの長い婚約者がいる。依千佳はきっと、実りの多い豊かな人生を送ることだろう。しかし仁胡瑠はそんな姉を、よくできた人だなと思うことはあっても、羨ましいと感じることはなかった。

「私は、作品だけ作れたらそれでいい。それ以外のことにエネルギーを割きたくない。ひたすら作って、作って、いつか、ああこれを作れて良かった、楽しかったなあって思えるようないいものに辿り着いて、満足しながら死にたい」

「焦るなよ、ものはいいんだ。継続的によく売れてる。きっかけ一つでブレイクするさ。最近は市場の金回りが良い分、新しいアクセサリーデザイナーを発掘しようってブランドは多い。上手く波に乗れば大儲けできるぞ」

「大儲けとかじゃなくて、ただ、そんなに食べるのに困らなくて、じっとひたすら作品を作っていられるなら、なんでもいいんだ」

「相変わらず欲がないな。まあ、近いうちに雑誌の取材が入るから、できるだけ推しておくよ」

「ありがとう。助かる」

にこりと微笑んで今月分のスペース代を支払い、仁胡瑠は荷物をまとめた。店を出ようと、足の向きを変える。

「なあ、仁胡瑠」

背後から腕をつかまれた。堂島の声が、心なしか熱を持っている。

「どうせこのあとは家に帰るだけなんだろ？　もう少しで交代が来るから、そしたら夕飯を食べにいかないか。近くにいいタイ料理の店ができたんだ」

蜘蛛の巣に頭から突っ込んだような不快感をこらえ、なるべく淡々とした口調で返した。

「あ、ごめん。さっき母親から店番してってって連絡が来たんだ。帰らなきゃ」

「この前もそう言って帰っただろ。少しは付き合えよ。仕事のこととか業界のこととか、酒でも飲んでゆっくり話そう」

「お店の営業時間も延びたし、配送の注文が入りっぱなしで人手不足なんだ。また今度ね」

名残惜しげに力の強い指が離れていき、それじゃあと微笑みかけて店を出た。

これさえなければ付き合いやすい人なのに、とため息が漏れる。面倒見が良くて話のしやすい兄貴分だけど、どこか性根に甘えた部分のある堂島は、仕事にたやすく色恋を持ち込む悪い癖がある。それまで上手く進んでいたプロジェクトが彼の周囲のいざこざでダメになるたび、仁胡瑠は苦々しい気分を嚙みしめてきた。

大通りは青紫色の夕暮れに包まれていた。日中は気を失いそうな暑さだったが、今は風が出てきていくらか過ごしやすい。攪拌《かくはん》された空気がゆったりと動いていて、まるで温かい海の中にいるみたいだ。道いっぱいに行き来するチープでビビッドな服を着た若者たちが、サンゴ礁を住処にする彩り豊かな熱帯魚の群れに見えてくる。誰も彼も背に風を受け、すいすいと気持ちよさそうに歩いていく。

ファッションの流行も、ここ数年でずいぶん変わった。少し前まで男女ともになるべく装飾を省いたシンプルでユニセックスなデザインが好まれていたのに、最近はまるで反動のようにメンズはシルエットを大きく見せる野性的なデザインが、レディースはより華奢にかわいらしく見せる露出の多いデザインが流行り始めた。きりっと冴えた原色が多く使われる傾向なのも、景気を反映している気がする。

そういえば依千佳も、一緒に暮らしていた頃にはよく黒地に鮮やかな花柄が散らされた主張の強いトップスを着て楽しそうに出歩いていた。露出を強めるほどではないものの、依千佳は依千佳なりに、この浮かれた風潮を楽しんでいたように思える。仁胡瑠は逆に、学生の頃から流行りものには興味が持てず、無地のTシャツにデニムといった簡素な服を選ぶことが多かった。

しかし服が派手になるのとは反対に、アクセサリーはいまだ繊細かつクラシックなデザインの方がウケがよく、主張の強い仁胡瑠の作品は逆風を受けている。派手であれば派手なほどいい、なんならヒョウ柄でもいい、という母親世代にはウケても、なかなか同世代やハンドメイド作品への親和性が高い下の世代に広がっていかないのが目下の悩みだ。

正直なところ、景気が良くなったって、バイトと実家暮らしで食いつなぐ弱小ハンドメイド作家にはあまり関係がなかった。儲かっているのは一握りの成功者だけだ。仁胡瑠は気だるい気分で電車に乗り、都心から千葉方面に二時間ほど揺られた先にある郊外の駅に向かった。

少し前まで、日が落ちたら光っているのはコンビニとドラッグストアと居酒屋だけ、という寂しい駅前だったのに、いつのまにか二十四時間営業のファミレスができ、フィットネスクラブができ、パチンコ屋までできた。娯楽に乏しい地域だったため、どこも地域住民の評判は良く、特に一番人口の多い高齢者が活気づいた。年金の支給日には、みんな少しおしゃれな服を着てにこにこしながら外出している。少しずつだけど、支給額も上がっているらしい。

仁胡瑠の実家はそんな開発途上の駅前から歩いてすぐの、古い商店街の中ほどにある。もともとはなんの変哲もない電器屋だったが、長引く不況と量販店のインターネット通販に押されてメインの家電が売れなくなり、店の一部のスペースを使って母親が高齢者向けのパソコン教室を開いたり、父親が大好きな熱帯魚の取り扱いを始めたりと試行錯誤を続けた結果、今では店の半分で家電を売り、もう半分では熱帯魚を中心としたアクアショップを営むハイブリッドな店となった。ちなみに土曜の午後には家電スペースを一部片付け、パソコン教室も継続している。肉屋がついでに野菜も売っていたり、本屋がなぜか自転車修理を請け負っていたり、酒屋が配達がてら植木も剪定《せんてい》してくれたりと、サービスの穴を埋める形で商売が入り交じるのは田舎ではよくある話だ。

ただいま、と声をかけて店に入る。すっかり日も落ちたというのにアクアショップには三人のお客が入っていて、母親がレジ前に二人を並ばせたまま、もう一人に商品説明を行っていた。アジア系の外見のため傍目では分からないが、どうやら海外から来た日本語に不慣れな客人らしく、意思疎通に手こずっている。ちょっと、と目で訴えられ、仁胡瑠は急いでレジに入った。エプロンを着け、並んでいたお客に声をかけて応対する。

二人のお客が帰った頃、母親と長く話し込んでいたもう一人の客もどうやら要求が叶ったらしく、何度か頷いて店を出て行った。母親がほっとしたように息を吐く。

「今の人は？」

「中国から来た人でね、去年うちが建築会社の社長さんに売った、ものすごく深い群青色の……ほら、あんたも綺麗だって言ってたじゃない、背びれも尾びれもフリルみたいに広がった貴族みたいなベタ。あれをたまたま見たとかで、他にはいないのかって探しに来たのよ。今度お父さんといっしょにブリーダーさんのところへ見に行ってもらうことにした」

「あれ、そういえば今日、お父さんは？」

「都内のホテルに土佐錦魚《とさきん》の納品。水槽のチェックもあるから遅くなるって。もう、パートさんが夏風邪引いてお休みで、なのにお客さんが途切れなくて、今日はお昼も食べられなかった。なにかつまんでくるからレジ入ってて」

「はーい」

母親が奥の台所に入っている間にも、次々とお客が来店した。餌や小物の販売なら問題ないが、水槽のトラブルや売った魚の体調管理に関する問い合わせになると手に負えず、蕎麦をすすっている母を呼び出さなければならない。品種や仕入れに関するものは父親に確認するため、連絡先を預かる。

学生の頃は、アクアショップのお客なんて一日に三人来ればいい方だったし、扱っている魚も和金《わきん》やメダカなど一般的な品種ばかりだった。

今でもあまり、実感がない。

生活のなにもかもが変わったきっかけは三十年前、日本の南方数百キロの公海上に新しい火山島が出現したことだった。数年かけて佐渡島と同じぐらいの大きさまで拡大したその島は複数の国が領有権を主張し、時に艦艇同士が発砲するようなきな臭い事件も起こったらしい。最終的には国際機関の仲裁を経て、日本を含めた東アジアの数ヶ国が共同統治することになった。

島の形状が松ぼっくりに似ていたため日本では「松笠島《まつかさじま》」と呼ばれることになったその島の周辺海域には、希少な金属や天然ガスを始めとする海底資源が豊富に眠っていた。各国が資金を投じ、島には巨大な採掘施設が建設された。それと前後するように、労働者のための新しい町が次々と作られ、ただの黒土の塊だった島は急速に発展した。新しい資源産出地域として、東アジア地域全体に思いがけないバブルがやってきた。

日本でも地価が上がり、新しいホテルやマンション、ビルの建設が相次ぐ中、急にブームとなったのがアートアクアリウムだった。ホールやエントランス、さらにはちょっと余裕のある一般家庭まで、華美な魚を泳がせた巨大水槽を設置するのがステータスになった。もともと十代の頃から好事家の品評会に出入りするほどの熱帯魚好きで、近所の老人に和金を売るぐらいでは人脈も情熱も持て余し気味だった仁胡瑠の父親は、やっと自分の時代が来たと精力的に商売を広げ、成功した。連日嬉しそうに得意先のホテルや商業施設などを飛び回っている。

壁時計が二十一時を回る頃にようやく客が途切れ、仁胡瑠はシャッターを下ろして店じまいをした。口からめんつゆの匂いをさせた母親がレジを開き、本日の売り上げを集計しながら、ほう、と深く息を吐いた。

「これが十年早かったら、あんたも大学に行かせてやれたんだけどね」

「え、いいよ、なに言ってんの」

別に姉のように大学に行きたかったとは思わない。むしろ小さなところとはいえ、デザイン学校に行かせてもらえて良かったと思う。

「たとえ大学に行かせてもらったって、今の私と変わらない私になった」

「そう？　欲がないね。お母さんはよく分かんなくなってきたよ。なんだかねえ……人生の半分以上、お金が増えるなんて考えもせずに生きてきたんだ。一番安い豆腐と牛乳ばっかり買ってさあ。うちだけじゃない、周りの人だって同じだったし、それが当たり前だった。生きていくってそういうものだと思ってたのに……なんだか馬鹿らしくなるよ。まあ、うちはかなり商売がうまく波に乗った方だからね、お父さんに先見の明があったって言っちゃえばその通りなんだろうけど……」

「あれ、お母さんって前回のバブルの時には生まれてなかったっけ？」

「うーん、小さかったし、ろくに覚えてないよ。そのあとのどんどん苦しくなって、いやな話題しか出てこない世の中しか知らない」

「ふーん」

　仁胡瑠は、母が一体なにに戸惑っているのかピンとこなかった。今まで苦しくて、やっと物事が上手くいくようになったなら、良かったじゃないか。それともそんな風に軽く考えるのは、自分の商売がそれほど直接的には好景気の恩恵を受けていないからだろうか。――私、ちょっとお父さんに嫉妬してる？

　でも、たとえば作品が急に売れ出したからって、それで自分のなにかが変わることはないだろう。むしろそんな自分の努力以外の物事に振り回されるなんて格好悪い。

「まあ、よくわかんないけど、どんなバブルだっていつかは終わるんでしょう？　あんまり浮かれないで、お金をなるべく貯めておくくらいでちょうどいいんじゃない？」

「ひとごとみたいに」

「ひとごとだよ」

　仁胡瑠はふぐのように頰を膨らませておどけた。母親は少し笑って、レジの鍵を締めた。

＊

「はい、それでは次の例題にうつります。これはー……ダイエットサプリを紹介するテレビ番組の実験だね。年代の異なる五人の男女が毎日サプリを飲んで軽い運動を行ったところ、一ヶ月で全員の体重が一キロから三キロ減少した。本当にこの実験でサプリのダイエット作用が確認できたことになるのでしょうか。——ハイ、根岸くん」

依千佳は前から二列目、目のあった男子学生にてのひらを向けた。全体的に右に傾いた姿勢で座っている彼は、こめかみにシャープペンシルのお尻を押し当てたままもぞもぞと答える。

「えー……確認できて、ません」

「うん、じゃあ、なにが問題なんだろう」

「プラセボ？」

「はい、知っての通り、本当は有効成分を含んでいない錠剤でも患者さんが薬だと思い込んで飲むことで症状が改善する場合があり、これをプラセボ効果といいます。この実験では、プラセボ効果の可能性を考慮できていない。他にはどうかな」

机に向かう十五人ほどの学生からちらほらと手が挙がる。被験者の人数は適切なのか？　性別や年代が混在していることによる影響は？　一ヶ月では調査期間が短すぎるのではないか？

サプリ以外の原因は考えられないだろうか？　教卓の前に立つ依千佳は寄せられる意見の一つ一つに相づちを打ち、補足を行っていく。

ふと、学生たちの背後、教室後方のドアのガラス越しに黒っぽい人影が見えた。教室の外で誰かが待っているらしい。

講義終了のチャイムが鳴り響いた。

「じゃあ、今日はここまで。次回はこのダイエットサプリの実験を下敷きに、適切な実施計画とはなにか検討していきます」

教卓に立ち寄る数人の学生の質問に答えつつ、講義で使ったノートやプリントを整理する。学生たちのざわめきが遠ざかると、がらんとした教室に見覚えのある初老の男が顔を覗かせた。

「柴田《しばた》さん！」

「やあ、片桐くん。いい先生っぷりじゃないの」

柴田は大柄で厚い体を仕立てのいいスーツで包み、白髪交じりの髪をかっちりと撫でつけている。目尻に笑い皺を刻み、依千佳を手で招いた。

本社のオフィスにいた頃は、二百人以上の社員が在籍する開発部門の一社員に過ぎない自分が、部門長の柴田と顔を合わせることなど滅多になかった。荷物をまとめ、慌てて走り出した依千佳は途中で机に爪先をぶつけてつんのめった。

「す、すみません。柴田さん、ご無沙汰しています。附属病院の先生方と打ち合わせかなにかですか？」

「うん、なに、近くに寄ったものでね。どうだい、授業は」

「まだ慣れてはいませんが、多くを学ばせて頂いています」

「そりゃよかった。もう今日は上がりだろう。ちょっと食事でも一緒にとらないか」

「はい、喜んで」

帰り支度をして校舎を出る。まだ十七時を回ったばかりだというのに、外はすっかり日が暮れていた。

十月に入り、どんどん日没が早まっていくのを感じる。チアリーディングのウェアだったり、武道着だったり、野球のユニフォームだったり、様々な運動着を着た学生たちが忙しそうにキャンパスを行き来している。そんな彼らに交じって元上司の柴田と連れ立って歩くのは妙な気分だった。

大学の門を出ると、柴田は駅へと向かう大通りではなく、途中の細い坂を下って閑静な住宅街へと入っていった。こんなところに店が？　と思う間もなく、浅葱色《あさぎいろ》の暖簾《のれん》を下げた感じのいい小料理屋に行き当たる。

引き戸をからりと開き、柴田は慣れた風に挨拶をしながら暖簾をくぐった。大きな背中に続いて明るい店に入った途端、かぐわしい鰹出汁の香りに鼻をくすぐられ、依千佳は口が潤うのを感じた。

カウンター席のみの一階に、客の姿はなかった。カウンターの向こう側では白い調理服姿の男性が忙しそうに働いている。

「あら柴田さん、嬉しいわ。お二階空いてるからね」

「どうもどうも」

着物姿の女将にうながされ、細い階段を上る。柴田は迷う様子もなく襖で区切られた二つの和室の、奥の一部屋に腰を落ち着けた。きっと常連なのだろう。

「たくさん食べなさいよ、若いんだから」

流れるような筆文字で料理や酒の名前が綴られたお品書きには、値段が書かれていなかった。こういった店に来慣れていない依千佳は、目が回るような気分で辛うじて出汁巻き卵とお新香を指さした。柴田はおしぼりを運んできた女将と歓談し、瓶ビールの他、旬の刺身や今朝届いたばかりの茸を使った天ぷらだのをてきぱきと注文した。

「じゃあまあ、お疲れ」

「お疲れ様です」

女将が注いでくれたビールのグラスをかちりと触れ合わせ、軽くあおって一息つく。講義でしゃべりつかれた喉に、しゅわしゅわと弾ける炭酸が心地よかった。

「部署のみんなはどうしてますか」

「元気だよ。いくつかのチームは追い込みの時期で忙しくしてるけどね。君のあとに入った阿藤くんも牧村くんも頑張ってくれてる」

「よかったです」

「それでも片桐くんの抜けた穴は大きいんだけどな。このあいだも、飯丘理科大の植松さんに、あの勉強会やってた子はいないのって聞かれちゃったよ」

「あはは」

依千佳はドイツに本社を置く業界第五位の製薬会社「ＮＮ製薬」の開発部門統計解析部に在

籍している。そんな彼女が神楽医科大学の非常勤講師に就任したきっかけは、業界関係者向けに催していた勉強会だった。

一つの医薬品が開発され、市場に出るまでには長い長い道のりがある。新薬の研究者から、治験のコーディネーター、病院関係者、工場担当やMRと呼ばれる営業など、数多くの職種が関わる中で、依千佳が担う統計解析は治験の計画全体をデザインし、さらに収集されたデータを分析する役目を負っている。

数年前、治験のデータを集める臨床開発モニターの同期から「自分たちが集めたデータがその後どうやって解析されていくのか知りたい」と言われたことをきっかけに、依千佳は月に一度のペースで知り合いを集めて勉強会を開くようになった。

もともと潜在的な需要は高かったのだろう。若手を中心に勉強会は回を追うごとに口コミで参加者を増やし、多い時には二十人を超える社員が参加した。医者や研究者など、社外から講師を招いてそれぞれの分野について教えてもらうこともあった。一時間の勉強会のあとは、大体みんなで和気あいあいと飲みに行った。振り返れば、いい思い出ばかりが残っている。

きっかけを作ってくれた同期が育休に入ったり転職したりと会えなくなったことで、勉強会そのものは二年足らずで解散したが、そんなサークルめいた活動が部門長の柴田の目に留まっていたらしい。

「大学関係者から統計解析を分かりやすく学生に教えられる人を紹介してって言われたとき、まず君の顔が浮かんだよ」

「貴重な機会を頂き、ありがとうございます」

「いやいや、ちょうど採用を増やしたタイミングで、欠員も補充されたしね。それに、産学連携の一環になる。企業と大学では、研究の最終目標が違う。僕らのゴールは一分一秒でも早い新薬の完成で、大学のゴールは学問の発展だ。目標が違えば、見えるものも違う。たくさん学んで、会社に成果を持ち帰って下さい」

はい、と依千佳は背筋の緊張を意識しつつはっきりと顎を引いて頷いた。週に一度の講義と指定された臨床試験への参加、さらには年に一本以上の論文の提出等、いくつかの達成項目はあるものの、社員としてそれまでと変わらない給与を会社から受け取りながら大学の研究に携われるなんて贅沢な話だ。

数年前まで、こんな人件費の使い方は考えられなかった。

「本当に……なにもかもが変わりましたね」

「ああ、松笠島のおかげだよ。あっちの方向に足を向けて眠れないねえ」

「北枕は避けるってことですかね」

「そう思うと結構当たり前だな」

口角にビールの泡を付けて、他愛もない冗談で笑い合う。

バブルが発生する以前、ＮＮ製薬は重大な危機を迎えていた。

医薬品の特許は出願から最大二十五年で失効し、その後は他社が発売する同成分で安価なジェネリック医薬品が市場に投入されるため、先発品の売り上げは崖から飛び降りるようにがくんと落ちる。当時、年商一千億円を超える主力商品の特許切れを二年後に控えていたＮＮ製薬は、莫大な研究費を投入して次世代のがん治療薬を開発していたが、治験の最終段階でその薬の有効性を証明することができず、事実上開発は頓挫した。会社は大規模なリストラを敢行し、あらゆる予算が縮小され、不採算部門は切り捨てられた。同期からも転職者が続出し、依千佳も自分の将来がまったく見通せない暗澹《あんたん》とした日々を過ごしていた。

「片桐くんは、他に行こうとは思わなかったの？」

重たいビール瓶をひょいと鷲づかみにして、柴田はまず依千佳のグラスに、続いて自分のグラスに注ぎ足していく。依千佳は少し驚いた。柴田のような立場のある男性が、二回りは年が離れた自分にわざわざビールを注いでくれることも、転職するかしないかなどといったデリケートな部分にまで気を回していることも意外だった。

「会社が早期退職者を募っていた頃ですか？　うーん……」

「君たちの代にも、同業他社に移った子は多かっただろう？」

「……どこも程度の差こそあれ、変わらないなって思ってましたから」

「ああ、まあね……崖っぷちって意味では、どこも同じだ」

柴田はうつむき、苦々しく笑う。

実際、ＮＮ製薬が他社に吸収される話もあったらしい。しかし突然の好景気が脱水症状時の点滴のように会社を救った。

「あと、あの頃は実家の商売も上手くいっていなくて、毎月少しだけど送金してたんです。なので、転職のタイミングをつかみ損ねたというか」

「ご実家、電器屋さんだっけ？」

「はい。今は魚屋も兼ねてるんですけど」

「魚屋？」

「あ、たぶん違う想像されてます。えっと、熱帯魚とか」

「ああ、そっちか」

「商店街の小さな店です」

「商店街かあ、自営業は確かに苦しいってよく聞くよ。立派な親御さんだね」

「え？」

「いやだから、不景気の中、子供を大学に入れたわけだろう？」

やっぱり柴田の話題選びは、どことなく面接じみているように依千佳には感じられた。思想を測られているような……もしかしたら、社内でなんらかの人事上の動きがあり、そこに自分の名前が挙がっているのかもしれない。思えば、こうして大学への出向を命じられたのも唐突だった。

ほのかな期待に、依千佳は背筋が伸びるのを感じた。すう、と深く息を吸う。

「はい、自慢の両親です。でも私にお金がかかった分、両親にも妹にも面倒をかけたので……これからもしっかり働いて、家族に恩返ししていけたらと思っています」

「そうか、ふむ」

ビールの瓶が空になり、柴田は続いて日本酒を注文した。薄い切子硝子のお猪口が二つ用意され、女将が膝をついて丁寧に注いでくれた。あまり飲み慣れていないにもかかわらず、喉の奥で花がほころぶように香りをふくらませる大吟醸に、依千佳はひとくちで度肝を抜かれた。

表情を変えずにそれをあおり、柴田は穏やかだけど圧のある声で切り出した。

「さっきも産学連携って言ったけど、これから民間企業と学術機関の連携はますます深まっていくだろう。うちの会社も、将来的にはいくつかの大学と共同で研究所を作ることを考えている。……君にはこの先、会社と大学、両者の橋渡し役を頼みたいと思っている」

つまりは今後、新たに設けられる産学連携を担う部署での管理職に登用する、ということか。大きくて立派なものに強く背中を叩かれた気がして、依千佳はぶるりと体が震えるのを感じた。

「……はい」

背中がピリピリする。怖いのか。いや、武者震いだ。評価される、とはなんて甘美なことだろう。しばらく依千佳の目を射るように見つめていた柴田は、ふっと表情を弛緩《しかん》させ、目尻に笑い皺を刻んだ。

「まあ、そういうことだから、論文も講義も頑張って。本社の連中もみんな片桐さんに期待してるよ。アカデミズムと対等に渡り合うには、まず相応の箔を付けないとな」

「ありがとうございます。大学の方々にも信頼してもらえるよう、頑張ります」

「うんうん」

それから柴田は堅苦しい話は終わりだとばかりに、上機嫌で過去に自分が携わったプロジェクトの裏話や失敗譚を披露した。依千佳も楽しく相づちを打ちながら、次々と運ばれてくる料理に箸を付けた。山で採取された天然ものを取り寄せているという茸の天ぷら。新鮮な刺身。牡蠣と豆腐のすまし汁。定番の人参や胡瓜のほかに新生姜や山芋といった変わり種も添えられたお新香の盛り合わせ。たぷりとふくらんだ黄金色の出汁巻き卵。運ばれてくる料理はどれも手が込んでいて、依千佳は新しい一品に箸を付けるたび、あまりのおいしさに口元を押さえなければならなかった。

贅沢なものを食べていることももちろん嬉しかったが、なにより過去に二つの新薬開発を成功に導き、社内でもカリスマ扱いされる柴田とこうして向かい合って酒を酌み交わし、激励を受けているという状況そのものが嬉しかった。自分への投資に踏み切ってくれた柴田と組織への感謝で胸が満たされる。

「いっそ生物統計学の権威になっちゃってよ。そしたらうちからも、先生これはどうなんですかって色々仕事を頼みに行くからさ」

「あはははは、いいですねえ」

笑い声の絶えない幸せな夜だった。柴田の話に頷くだけでなく、いつか自分も立派な研究成果を上げ、なにかを語れる立場になりたい。優れた医薬品を世に送り出し、多くの人を喜ばせたい。

「恵まれてる、って思うんです」

酒が進みすぎたのだろう。気がつけば、口からこぼれ出ていた。

「なんの苦労もせずに育ちました。勉強は得意だったし、徒競走ではいつも一番でした。長女だったから、両親は当たり前のように私を大学に入れてくれました。でも、そんなのほんとは当たり前じゃない……妹は専門学校に行ったたし、両親は家計が苦しいときには親戚にお金を借りていました。体が弱いとか、親と仲が悪いとか、そういうことで悩む友達もたくさんいて、今だって」

棄民《きみん》、とこの場にそぐわない単語を言いかけて依千佳は眉をひそめ、猪口に残った日本酒をあおった。

「私はすごく恵まれているから、その分ちゃんと社会に利益を返さなきゃって思うんです」

柴田はそれまでの穏やかな管理職の表情を崩し、呆気にとられた様子で目を丸くした。

「……変わった人だねえ。製薬会社より、環境だの人権だのを守るNGOにでも行った方が良かったんじゃないか？」

「でも、新薬を作る手伝いができたら、間接的に多くの患者さんの役に立てるじゃないですか」

「まあ、そうだけども。――周りをすごく気にするんだな、片桐くんは。そういう気づかいのできる人は、一緒に仕事がしやすいからありがたいよ」

満足げに幾度か頷き、柴田は女将を呼んだ。軽くなにかを言い添えて手書きの領収書を用意してもらい、会計を済ませる。


帰宅した依千佳は風呂に入り、ゆるめのTシャツと短パンを着て、レモン果汁入りの炭酸飲料を飲みながらダイニングテーブルでノートパソコンを開いた。酒豪の柴田につられて久しぶりに深酒をしたせいで、まだ頭の真ん中がぼんやりと熱を持っている。

眠ってしまっても良かったが、個人のメールアドレスに二人の友人からメールが届いている、とスマホに通知が入っていた。どちらも長めのメールを送ってくるタイプなので、スマホよりもパソコンで確認し、キーボードで返事を打ち込む方が効率的だ。

洋子《ようこ》と愛《あい》、どちらのメールを先に読もうか迷い、とりあえず気楽に開ける洋子のメールをクリックした。

差出人　ＮＮ製薬創薬開発部門　前園洋子
宛先　片桐依千佳

【こっちはなんとかやってます】


やっほー、元気にしてますか。

先日は娘の二歳の誕生日プレゼントに、かわいいピアノ絵本をありがとう！

まだ鍵盤はうまく弾けないけど、ボタンを押すと色んな曲が流れるのが嬉しいみたいで、大喜びして毎日遊んでいます。

私もぼちぼちやってます。やっと育休明けのバタバタがいくらか落ち着いて、仕事と育児のバランスの取り方が分かってきたかな。

ただ、三年後の東アジア経済同盟への関税緩和に向けて、かーなーり社内は殺気立ってます。特に生活習慣病の治療薬は加盟国の経済が発展して生活水準が上がれば上がるほど長期的な売り上げが見込める商品だから、営業はなんとか国内シェア一位をとって、大きく売り込みをかけたいみたい。

うちのチームのプロジェクトも、好景気で予算が増えたのはいいんだけど、その分結果を出さなきゃってプレッシャーがものすごいです。もう会議のたびに胃に穴が空きそう……。

でも、みんな崖っぷちの頃には戻りたくないんだよね。なんとか突破口を探してがんばるしかないよ。

依千佳の方はうまく行ってる？

産学連携なんてただのお題目だって思ってたけどさ、でもこうして友達が実際に新しい環境に飛び込むとわくわくします。なにか面白いことがあったら教えてね。海底の微生物を使った研究が始まったり、新しい工場が完成したり、海外駐在員の募集が出たり、こちらもなかなか面白いです。

また時間があるときでも、ゆっくり飲みに行きましょう。愚痴も聞いてー涙。

誰もいないオフィスで残業中のヨーコより、愛を込めて。


同期入社で、闊達《かったつ》で明るい人柄の彼女の声が聞こえてくるようなメールに、依千佳は胸が温かくなるのを感じた。洋子は、かつて勉強会を発足するきっかけをくれた一人だ。新人の頃からどちらかが仕事でつまずくたび、安い居酒屋で薄いビールをあおり、肩を叩いてお互いを励まし合ってきた。

同じ業界にいて、同じ価値観を共有している洋子に比べ、愛のメールはいつも開くのに勇気が要った。

だけど未読のまま放置するのは、余計にそれを気にしているみたいで落ち着かない。いつも通り、ふ、と軽く息を止めて、太字で表示された未読メールをクリックする。

差出人　ＡＩ　ＫＵＲＯＫＡＷＡ
宛先　大学同期メーリングリスト

【状況は改善していません】


みなさんお元気ですか、黒川です。

現在私は新しい製錬工場が急ピッチで建造されている松笠島南部の工業地帯に来ています。海は美しいコバルトブルーで、時々遠くにクジラか、それともシャチか、黒っぽい大型の魚影が見えます。町には日に日に人が増え、ついに二つめの小学校が開校しました。

しかし島を取り巻く状況はあまり改善していません。先日も危険な海域で違法な採掘を行っていた潜水艇が行方不明になり、のちに船の破片だけが発見されました。利益を追求するあまり強引な掘削を行う企業も多く、水質の悪化が数値として表れるようになってきました。

なにより問題なのは、この島と周辺海域の今後について、責任感を持って活動している国が一つもない、ということです。どの国も皿の上のパイがなくなる前に一切れでも多く食べようと手を伸ばすばかりで、環境の維持やケアについては無関心です。展望のない無秩序な開発が進み、いずれ深刻な事故や環境汚染が起こるのではないかと心配しています。

最近とても気になっているのは、前回もお伝えした棄民の話です。島の運営において住民投票が重要な制度になっていることは先に述べましたが、島内における発言力を強めるため、一部の国が国内の犯罪者やホームレスをまとめて島に移住させて人口の増加を図っています。国内の問題を、海を挟んだ彼方の島に捨てに来ているのです。町の治安は悪化し、組織だった悪質な犯罪も見られるようになってきました。恐ろしいことに、それはいい手だと真似を始める国も出てきています。一部の人間がモラルを捨てると、その姿勢が集団に伝播していく。恐ろしいことです。

辛い報告がどうしても多くなりますが、最後にいい写真を送ります。おとといのお昼、ほとんど同時刻に島の産婦人科で生まれた女の子二人、ジャスミンと晴佳です。

このくりくりのおめめ！

この子たちが健康に育ち、適切な教育を受け、幸せな一人の女性として、安心して人生を謳歌できる環境が整うことを願ってやみません。

二人の写真は、近く海洋生物の保護活動をしているＮＧＯの活動報告書で使われる予定です。見かけたら、黒川も元気にしてるなって思い出して下さいませ。

それではそれでは、おやすみなさい。

愛は依千佳と同じ大学の理工学部情報学科を卒業した同期生だ。愛の活動報告は月に一度のペースで五十人ほどいる情報学科の同期生メーリングリストに送信される。一体どれくらいの人がこのメールに返信しているのか、依千佳はよく知らない。

松笠島由来のバブルが始まって二年ほど経った頃、フリーの写真家として活動する彼女からこのメールが届くようになり、依千佳は一万円ずつ二回、環境ＮＧＯに寄付をした。

愛はなにも悪くないのに、ただ自分の仕事を発信しているだけなのに、メールを受けるたびにぼんやりと辛くなるのは、個人ではとうてい解決できない難題を投げつけられた気分になるからだろうか。

玄関ががちゃりと音を立て、室内の空気がふわりと動いた。

「ただいま」

軽い声と共に、龍之介《りゅうのすけ》がリビングに入ってきた。同い年で商社勤めの龍之介とは学生の頃からの付き合いで、依千佳が神楽医科大学に出向となり、実家からでは通勤時間が大幅に延びることがきっかけで同棲に踏み切った。

おかえり、と椅子から腰を浮かせて習慣的に唇を重ねると、龍之介はうん、と小さく頷いた。疲れているのだろう。いつもは溌剌《はつらつ》として輝きの強い目をごしごしと眠そうにこすっている。まぶたの二重が深くなり、肌も心なしか脂っぽい。

「お風呂、さっきわかしたばっかだから、追い焚きすればすぐ温まるよ」

「ん、ありがと」

ふわふわと言って龍之介は襟元からネクタイを抜き取り、脱衣所に歩いて行く。

堅そうな背中を見た途端、製薬会社の展望とか、松笠島の問題とか、棄民とか、難しいことを考えるのが億劫になった。代わりに浅黒い背中におでこをつけたときの安心感だとか、短く刈り上げられたうなじの毛を撫でる楽しさだとか、そういうものが温かい風のようにふわりと一瞬で体中に広がる。もう恋人と気持ちよく肌を触れ合わせて、ビールを飲んで寝てしまおう。

「やっぱり私も一緒に入っていい？」

メールの返信はすべて後回しにして、依千佳はぱたりとノートパソコンを閉じた。

# 2

平日の美術館を訪れるたび、仁胡瑠はまるで回遊魚の水槽に足を踏み入れた気分になる。音がない角張った空間を、人々がゆったりと、まるで穏やかな水流に押されるように一定のルート、一定の速度を守って流れていく。みんな真面目で従順だ。ルートを外れて好き勝手にふらふらする人はなかなかいない。

予定よりも早く到着したため時間つぶしに入館した上野の美術館はその日、中国の清時代の陶磁器を展示していた。雨のせいか、それともあまり有名な作品がないせいか、館内に人は少なく、静かで、足音が耳に届くくらいだった。

仁胡瑠は薄暗い展示室を見回し、真っ先に中央のソファへ向かった。腰を下ろし、目が空間に慣れるのを待って、ぼんやりと壁沿いのガラスケースに展示された陶磁器を風景のように眺める。すると、意識せずともそのうちの一つに視線が吸い寄せられていく。席を立ち、その作品の前へ向かう。そんな風に招いてくれる作品は大抵、自分の好みに合致している。しみじみと鑑賞し、ソファへ戻る。時間をかけ、また引き寄せられる一つを見つけ、席を立つ。

そうしてソファと作品を行き来していると、一人の女性が声をかけてきた。

「面白い見方をするんですね」

胸元をさらりと覗かせるカシュクールタイプのダークグレーのワンピースと、インパクトのあるベルベット生地のパープルのハイヒールがまず目に飛び込んでくる。栗色の髪はセミロングほどの長さだろうか、ハイヒールと同色の造花が飾られたバレッタであっさりとまとめている。実はコーディネートが印象的だなと、展示室に入ったときから少し気になって、パネルを見上げる後ろ姿を時々目で追っていた。色白で、どんな服でも着こなせそうなあっさりとした顔立ちには、そこはかとない品の良さがある。年齢は、仁胡瑠より一回り上ぐらいだろうか。

呼びかけに、黙って仁胡瑠は首を傾け、先を促した。女性は落ち着いたローズの口紅が引かれた唇の両端をニッと上げ、私もやってみよ、と弾むように言って仁胡瑠のそばに腰を下ろした。真似するように目を眇《すが》めて作品を眺め、ふと腰を上げて一つをじっくりと見つめ、また帰ってくる。幾度かそれを繰り返し、やがて不思議そうに言った。

「確かに集中できていいけど、全部を観終わるときには足がくたくたにならない？」

会ったばかりなのに、まるで二ヶ月ほど同じ職場で過ごした顔見知りぐらいの気やすさを感じさせる軽妙なしゃべり方だった。見知らぬ他人と話すことに慣れているのかもしれない。セミナー講師とか、市役所の窓口とか。そんな職業を連想しつつ、彼女の話しやすい雰囲気につられる形で仁胡瑠は口を開いた。

「全部なんか観ないよ。疲れるし」

「あら、そうなんだ。せっかくお金を払ってるのに」

「一つか二つ、すごく縁を感じるものに出会ったら、それでもう胸がいっぱいになる。後は余計だよ。どうせ全部観たって、そのあとも覚えているのはそれくらいなんだから」

柔らかく頷き、女性はネイルケアのされた人差し指で展示の端を指さした。

「この美術館はただ作品を並べるだけでなく、いつも展示の仕方を工夫しているの。たとえば今回は陶磁器を年代順でなく、有名な産地別にまとめて並べてるのね。ほら、入り口が一番東寄りで、だんだん北上して、あの辺りから南下して……色合いも形も、好んで使われるモチーフも、変わっていくのが分かるでしょう？　同時期に同じ国で作られたものでも、土地が違えば気候も違う、隣接する国から流れ込む文化も違う。思想や美の概念が変化する、そのグラデーションを見せたかったのね、きっと。そこまで有名な作品はないけど、それぞれの土地の特色を反映した作品を、予算内でこれだけ集めるのは大変だったと思うわ。……そういうの、興味ない？」

「ないよ」

「あら」

その答えを予期していたとばかりに、女性は楽しげに歯を見せて笑う。なぜか胸がくすぐられ、もう少し言葉をつけ足したくなった。この人に、もっと自分を見せてみたい。唐突に、泉のように湧いた衝動は妙に甘くて、スリリングで、少し怖くなる。

「鑑賞するのは純粋な物体の美しさだけでいい。どこでどんな風に誰が作ったとか、そういう情報は、むしろ変に色眼鏡をかけることになるから邪魔だよ。本当に優れた作品は、そんなバックグラウンドなんか関係なく後世に残っていくんだから。それが綺麗か、そうじゃないか、それだけを観れば充分」

「ふーん……社会や時代をまたぐ、純粋な物体の美しさっていうものがこの世にある、って一片の曇りもなく信じてるのね。面白いな」

「え、あるでしょう？　普通に。これはすごいとかそうでもないとか、誰だってわかるでしょう？」

「どうかな。私は時々、よくわからなくなるけど」

　ふふ、と女性は肩をすくめて笑う。

「みんながみんな、あなたみたいに自分の感性に確信を持つわけじゃないよ。私みたいに流されやすい人が集まって世の中ができてるんだって思えば、なにが美しくて醜いかなんてもう、信号機なみに変わる変わる」

　それから彼女は仁胡瑠が気に入った色鮮やかな丸皿が、西洋と東洋の技法が合わさった当時の最先端の技法を用いて彩色されていること、さらには官窯《かんよう》と呼ばれる宮廷直属の窯で作られたものであることを語った。ただの美しい皿として受け止めていた作品が、途端に物語性を帯びる。この皿に絵付けをした職人はきっと新しい技術を楽しみながら絵筆を動かしたのだろう。宮廷ではどんな料理を盛りつけられたのだろう。作品が宿す美そのものを左右する要素ではないのに、考え始めると止まらない。そうして、皿の印象が少し変わる。変わる前と、後と、どちらの方が正しい像なのか分からなくなる。

力の抜けた平易な語り口なのに、彼女と話せば話すほど、仁胡瑠は自分の中の深い位置にある岩のようなものが小刻みに震えるのを感じた。だから細い革ベルトの腕時計をちらりと覗いた彼女が慌てた様子でソファから立ち上がると、名残惜しさに心が湿った。

「あーごめんなさい！　もう行かなきゃ。お話しするのが楽しくて、つい長居しちゃった。また機会があったら、今度はお茶でも飲みに行きましょう。すぐ近くに抹茶パフェがおいしい和カフェがあるの」

「うん、こちらこそ……どうもでした」

自分は一体、どうしてしまったのだろう。初対面の相手にこんな過剰な親しみを感じるなんて、姉の依千佳じゃあるまいし。それじゃあ、と軽く微笑んで、女性は展示室をあとにした。

仁胡瑠はスマホの時計に目を落とし、堂島との約束までまだ三十分以上あることを確認した。今日は仕事を仲介してくれるらしい。

仁胡瑠は展示物に目を向け、女性との会話を反芻した。

美しさや醜さが、変わってしまう？

そんなことが、あるのだろうか。だって目の前にあるきれいなものは明らかな美しさを持っていて、それが醜くなることなんてあるわけないじゃないか。

ああでも、揺れる。かたかた、ことこと、大きくて重さのある塊が心の中で揺れる。

待ち合わせの場所は近く、まだ時間には余裕があるのに、どんなに美しい陶磁器ももう頭に入ってこない。仁胡瑠は落ち着かない気分で美術館を出て、約束よりも少し早めに通りを挟んだカフェへ向かった。窓際のテーブルに堂島の大きな背中を見つけて近づく。

彼の向かいの席には、見覚えのある女性が座っていた。

仁胡瑠に気づき、彼女も目を見開く。

「あ」

驚きにゆるんだ口から声が漏れた。一拍遅れて、女性は大人っぽくバランスの良い微笑みを広げた。肩越しに振り返った堂島が、早いね、とばかりに眉を浮かせる。

「それじゃあ、ええと……こちらが流星のシリーズを作った『lapis』の片桐仁胡瑠さん。仁胡瑠、こちらは――」

「貝原塔子《かいばらとうこ》です。今日はこのようなご挨拶の場を設けていただいてありがとうございます。どうぞよろしくお願いします」

仁胡瑠は夢でも見ている気分でぼんやりと頷き、名刺交換をして堂島の隣に腰を下ろした。貝原の名刺には、時々名前を聞く出版社名の他に「ハンドメイドファッション通販サイトポーラスター」という文字がURL付きで記されていた。

「ポーラスター？」

「ええ、来年にオープンするウェブ上のセレクトショップです。服やアクセサリーを作っているハンドメイド作家さんたちの作品を集め、ブランドをまたいだコーディネートを提案したいと考えています。そこでぜひ、『lapis』のアイテムを扱わせて頂きたく……」

サイトの概要をまとめた書類を片手に、ギャランティや在庫の扱い等の説明を受ける。聞く限り特に問題はなく、むしろ堂島の店に置いてもらうよりも利益が出やすいくらいだった。

「なにかご質問はありませんか？」

美術館で出会ったときとはまったく違う、丁寧で隙のない口調がくすぐったい。返事は後日で構わない、と渡された契約書類を手に、仁胡瑠はしばらく考え込んだ。

「……抹茶パフェ、いつ行きます？」

アイスコーヒーを飲んでいた堂島が咳き込んだ。目を丸くした貝原は、一拍遅れて口角を緩める。

「お打ち合わせということでしたら、いつでも。片桐さんのご都合の良いときに」

「じゃあ連絡します」

その日の会計はすべて貝原が持った。経費で落とすのだろう、領収書を切ってもらっている。次の約束があるから、とタクシーに乗り込んだ彼女を見送り、仁胡瑠と堂島は駅へ向かった。

「まさか仁胡瑠が、仕事相手をナンパするなんて」

苦々しい堂島の呟きに、仁胡瑠は首を傾げた。

「ナンパなんかしてないよ」

「パフェ食いに行くんだろ？　すごいなパフェって。飛び道具かよ。俺がいきなり提案したら絶対に警戒されるのに、女同士はいいよな」

「え、なに、なんの話？」

茶化すように語る堂島の声にそこはかとない苛立ちを感じ、仁胡瑠は困惑交じりに足を止めた。数歩進んで振り返った堂島はあからさまに顔をしかめている。

「だから、そうならそうって先に言えってこと。女性が好きなんだろう？　言ってくれたら俺だって気を回したのに」

堂島の発言が一から十まで的外れで、なにから指摘すればいいのか分からなくなり、仁胡瑠はぽかんと口を開けた。

「信じられない」

「なんだよ」

「何回も何回も言ったよね？　私は恋人はいらない、ものだけ作って生きていくって。これっぽっちも真面目に聞いてなかったってこと？」

「今はそう言っても、ある程度年をとったらあんただって家族が欲しくなったり、誰かに甘えたくなったり、するさ。人間は本能的にコミュニケーションを求めるものだ」

「……それも大好きな自己啓発本に書いてあった？　早く捨てた方がいい、馬鹿みたいだから」

「あのなあ、そういう聞く耳を持たないところ……おい、待てって！」

憮然とする堂島を残し、仁胡瑠は早足でその場を歩き去った。堂島の発言のなにがもっとも嫌だったのかすら、混乱してよく分からない。苛立ちながら駅の改札をくぐり、音楽でも聴こうとスマホを取り出す。

するとディスプレイには、同期させている仕事用のアドレスに新着メールが届いている、という通知が飛び出ていた。ささくれた気分のまま通知をタップし、画面を切り替える。

【貝原です。びっくりしましたね！】

受信トレイにはそんな気さくなタイトルが未読を示す太字で表示されていた。

本文には今日の顔合わせへの礼に続いて、二週間後によければ会わないか、という誘いが綴られている。

仁胡瑠はむずがゆい気分で奥歯を嚙み、親指フリックで丁寧に返信を打ち込んだ。


上野の和カフェに行くのかと思いきや、貝原が待ち合わせに指定したのは浅草だった。日に日に秋が深まり、風が冷たくなっているにもかかわらず、彼女は浅草寺にほど近い通り沿いのカフェのオープンテラス席に座っていた。膝を、店のものらしい端のほつれたギンガムチェックのブランケットで覆っている。テラスには小さな煙突に山高帽を被せたような形をしたパラソルヒーターが二つ設置され、曇天にじんわりと熱を広げていた。

ウッドデッキの段差を上る仁胡瑠に気づき、貝原は笑顔で片手を上げる。

「どうもどうも、来てくれてありがとう。ここはホットサングリアがおいしいよ。このあと予定がなければ是非」

「じゃあそれにしようかな」

貝原は頷いて席を立ち、ガラス戸をくぐって店内のカウンターへ向かった。どうやらセルフサービスの店らしい。五分もしないうちに、小さなトレイにルビー色のドリンクを二つのせて戻ってくる。代金を払おうとしたら、ここまで出てきてもらったから、と断られた。

甘酸っぱいドリンクで喉を温め、仁胡瑠はのんびりとした川べりの観光地の景色と、目の前に座る貝原を見比べた。吐息がうっすらと曇る。

「浅草なんて修学旅行以来。近くに住んでるの？」

「ううん、家は都内だけどもっと西寄り。そんな、自宅の近くで打ち合わせしたいなんて理由で作家さんを呼び出したりしませんよ。この店は都合が良くてちょくちょく来るんだ」

「なんの都合？」

「モデルさん探し」

「モデルさん？」

「うん。老若男女問わず」

言葉を止め、貝原は通りに目を移した。仁胡瑠もつられてそれにならう。黒い詰め襟を着た学生の集団や大きなリュックを背負った外国人観光客、スカーフやコートの裏地など、コーディネートの細部に季節の花模様をあしらったお洒落な高齢女性の二人連れなど、たしかに浅草には様々な人が歩いている。

「一般の人がいいってこと？」

「うん、まあ、予算の関係もあるんだけどさ。うーん……モデルさんが綺麗だから商品もよく見える、っていうかモデルさんが綺麗すぎて日常でそれを身につけたときどうなるかよく分かんないねーみたいな見せ方を一度やめてみようと思って。ポーラスターには、太ってたり、痩せてたり、年取ってたり、若かったり、色んな人に出てもらいたい。それでいて、この人のこういう格好も見たいってインスピレーションが降りてくる人がいい」

「難しいこと言う」

平凡だけど魅力的な人、というのは、整っていて魅力的な人よりも下手すると見つけるのが難しいのではないか。

思わず口を挟むと、貝原は悪戯を仕掛けるように目の端で笑った。

「ねえ、片桐さんはもしあそこを歩いてる男子高校生にアクセサリーを作るとしたらどんなのを作る？　どんなのを作ったら、彼らが楽しんでつけると思う？」

「男子高校生にアクセサリー」

鸚鵡《おうむ》返《がえ》しにして、仁胡瑠は眉をひそめた。今まで自分の作品の購買層は中学生から三十代ぐらいまでの女性をイメージしていたため、男性に身につけてもらうなんて考えたこともなかった。

「アクセサリーなんか欲しがらないと思うけど」

「そんなことない、メンズアクセサリーって結構大きな市場だよ？　片桐さんの作風でメンズを作ってもらえたら面白いと思う」

「でも、あの子たちにでしょう？」

修学旅行中らしき五人組だ。事前に授業で作成したのだろうホチキス留めの旅のしおりを持ち、揚げ饅頭を嬉しそうに頬ばっている。どう見てもアクセサリーより、ゲームや漫画にお金を落としそうに見える。

でも、あえて彼らに商品を提案するとしたら、どんなものがいいだろう。仁胡瑠はカメラのシャッターでも切るようにまばたきをして、若者達の子犬っぽいじゃれ合いを見つめた。

「……耳……んー、ピアスか、イヤーカフかな。さりげないものより、割としっかりと主張するデザインの……しかも女性的だってあまり見なされてないモチーフで……たとえばだけど、耳そのものに引っかけるタイプのイヤーカフで、耳の裏側からさらっと小さめの孔雀の羽が見えて鮮やか、みたいな」

「うんうん、面白い」

「まずはそういう、フックのあるものから入ってもらって、だんだん……男性的な記号を落としたデザインに移行して……最終的には、メンズとかレディースとか、境目を意識せずに、なんとなくこれ好きって感じで選んでもらえるようになると……いいかな」

貝原の瞳に楽しげな光が浮かび、口元がほころんでいく。しゃべりながら、仁胡瑠は高揚して体温が上がるのを感じた。

「いいじゃない、そういうシリーズ作って欲しい。ある程度まとめて買い取るからさ」

「本気？」

「もちろん。ばっちり予算とってある。……市場が元気ってすごいことよね。それまでできなかった色んなことが試せるもの」

貝原は笑い含みに片目をつむり、続いて、通りの反対側を歩くスーツ姿の中年男性を示した。

「あの人は？」

「サラリーマン？　勤務中はつけられないんじゃないの？」

「そこがもうつまらないよね。女性は勤務中につけてもオッケーって職場が多いのに」

今も勤務中であるはずの貝原は、デコルテを飾るゴールドの、小さな星が縦に三つ重なったような形のペンダントトップを指で浮かせた。短く口をとがらせ、続ける。

「でも、いるよ、時々いる。スーツ姿でアクセサリーをつけてる男性。たとえば……商売人が金運アップのタイガーアイのブレスレットをつけてたり、精神的な負荷の強い仕事をしている人がリラックス効果のあるコーラルのネクタイピンをしてたり……うん、だから、ひとまずのキーワードは機能性、なのかな。そこからだんだん機能性だけでなく、アイテムの美しさや、装着しているときの楽しさも意識してもらえるようになるといいね」

「んー……カフスボタンとか、あと、スーツの襟の穴に入れる……なんだっけ」

「ラペルピン？」

「そうそれ。あれもアクセサリーだよね。イベントとか結婚式とか派手な場所でつけるものってイメージあるけど、日常使いのシンプルなデザインが流行ったら面白い。機能性が欲しいなら、たとえば小さめのスクエアとか六角形とか、そんなシンプルな形にして、上下半分に割って片方はパワーストーン、もう片方は透明ガラス、みたいな」

「いいと思う。それをね、もう本っ当に普通のサラリーマンって感じのモデルさんにつけてもらって……きっと素敵よ。着飾るって、日常を楽しむ宣言みたいなものだもの。サイトでも特集にして、たくさんの人につけてもらったらセクシーで目を惹くと思う。流行らせたいな……世間に爆弾を仕掛けていく気分じゃない？」

貝原は歌でも口ずさみそうな上機嫌な様子でサングリアを飲んでいる。

世間なんて考えたことなかったな、と仁胡瑠は頭の一部がぴりぴりと痺れるような気分で思った。むしろ自分はこれまで俗っぽくて面倒くさい人間の集団からなるべく遠ざかろう、時代とか社会とかそういうものに左右されない独立した美しいものを作り出そう、と躍起になってきた。

　軽食やドリンクを追加注文しつつ、三時間ほど来年のサイトオープンに向けて製作する作品の打ち合わせをした。途中で貝原は二回、ウッドデッキを下りて通行人に声をかけた。一人はこれから息子夫婦と落ち合ってスカイツリーに上るという背筋がピンと伸びたごま塩頭の男性で、もう一人はハーネスをつけたラブラドール・レトリバーに誘導される視覚障害者の若い女性だった。男性は「ええ？　俺がモデルなんて無理、無理だって！　でもありがとね！」と照れながら立ち去り、女性はかなり戸惑いつつも、最後には少し笑って貝原と連絡先を交換した。

　視力の弱い人がつけて楽しいアクセサリーってどんなだろう。分かりやすい位置に色を示す点字が入っていた方がいいかな、手触りも気持ちよくしたい、と仁胡瑠はまた、考え始める。


　その年の正月は紙石鹸のような薄い雪がひらひらと舞った。

　依千佳は実家に顔を出さなかった。

「なんでも急いで論文を仕上げなきゃいけないらしいよ。大変だねえ、研究者っていうのも」

　せっかくあの子の好物を用意したのに、と残念そうに言って、母親はこたつの中央に積まれた茹でガニの足を折り、引っ張り出した肉厚の身を土佐酢に浸して頰ばった。父親がわざわざ魚市場に出向いて買い込んできたそれは、甘くて質の良いタラバガニだった。

　朝のうちに近くの神社で参拝を済ませ、あとはずっと駅伝中継を横目にこたつに入ってだらだらと飲み食いするのが片桐家の正月だ。酒が入った父親はずっと、知人に紹介された投資目的の不動産に手を出そうか否か、うだうだと口にしては悩んでいた。

大量の茹でガニの他、老舗デパートで注文した魚介をふんだんに使ったおせち、海老やフカヒレが入ったシュウマイ、カニで出汁を取ったしめのラーメンまで平らげて、満腹になった仁胡瑠はこたつに足を突っ込んだままごろりと横になった。

時計は午後三時を指している。母がドラマの再放送にチャンネルを変えた。一足先に泥酔した父親は、スポーツ番組が始まったら起こして、と寝室に引き上げてしまった。

ぴろん、とこたつの天板の端に置いたままになっていたスマホが音を立て、仁胡瑠は気だるく腕を伸ばし、画面を覗いた。

【あけおめ】

ＳＮＳ経由で姉からの短い四文字が届いていた。仁胡瑠は親指を滑らせ、【おめ】と二文字を送る。

【そっちはいつも通り？】

【山ほどカニ食べた。依千佳に食べさせたかったって、お母さんがへこんでたよ】

【それを聞いた私もへこむよ！　よだれ出る】

【ごちそう食べてないの？】

【スーパーのおせちと焼き肉。カニ食べたかったー。龍ちゃんが甲殻類アレルギーだから我慢】

ふーん、と相づちを打ち込みながら、ふと仁胡瑠は妙な気分になった。カニは姉の大好物だが、同居している姉の彼氏は甲殻類アレルギーだという。

食物アレルギーの人は、アレルギー物質そのものを摂取しなくても、それを調理した鍋やまな板で作った別の料理を食べただけでも症状が出てしまう場合がある。姉だけが食べるという判断をしなかったのは、きっとそういう配慮からだろう。ということは、彼女はこれから一生、自分の好物を台所で料理しないつもりなのだろうか。

姉とその恋人の暮らしなんてまったく興味を持っていなかったのに、そんな些細なことが急に気になって、仁胡瑠は天井を見上げた。遠い風景に目を凝らす気分でぼんやりと考え込む。好物を我慢すること、もしくはカニ専用の鍋やまな板を用意して厳重に管理すること。そんなストレスや面倒を引き受けることが、愛情の証なのか？　私なら絶対イヤだ。というか、一緒に好物を食べられない相手なんてパートナーに選ばなきゃいいのに。

【好きな人と暮らすってどう？】

思いつきで送った一文に、姉はもの凄い速さで返信をしてきた。

【えー！　仁胡瑠がそんなこと聞くなんて！　どうしたの！　なにがあったの！】

びっくりマークの連続に返信するのが億劫になり、仁胡瑠はスマホのディスプレイを消した。液晶を下向きにしてカーペットに置く。

満腹で、足が温かくて、眠気が差した。まぶたを閉じ、二つ折りにした座布団を手探りで頭の下に押し込んで力を抜く。

静かにしていると、かすかな振動が畳を通じて体に染み込んでくるのを感じた。店舗に並べた十数個の水槽の、水中ポンプの作動音だ。物心つく前からずっと家のどこかで鳴り続けていた音のため、仁胡瑠にとっては胎内音に等しくなじみ深い。

幼い頃の依千佳の強ばった横顔が、唐突に思い出された。

ああ、なんだっただろう。彼女はそのときも我慢をしていた。真っ直ぐな黒髪をポニーテールにしていたから、中学生の頃だ。

夏休みの課題で依千佳が描いた水彩画が市の絵画コンクールに出品され、特別審査員賞に選ばれた。受賞作は一ヶ月の間、最寄り駅の構内に展示される。学校から連絡を受けた依千佳はものすごく嬉しそうだった。

「これで仁胡瑠とおそろいだー」

当時小学生だった仁胡瑠は、すでに鉄道会社が企画した小学生向けの電車のイラストのコンテストで入賞し、展示されたことがあった。ぜんぜんそんな素振りは見せなかったのに、姉にも絵で褒められたいなんて気持ちがあったのか、と幼い自分がびっくりした感覚を、仁胡瑠は今でも覚えている。

依千佳が描いたのは、彼女がかわいがっていた金魚の絵だった。体長七センチほどの淡いオレンジ色の和金で、父親が商品として仕入れた派手な金魚たちの中にちょろりと紛れ込んでいた。小さくて臆病だったその一匹を、依千佳は「チイコ」と名付けて金魚鉢に移し、熱心に飼育していた。他にも目立つ魚やかっこいい魚はたくさんいるのに、どうして依千佳がそんな生き餌と大して変わらない地味な個体にこだわるのか、仁胡瑠にはよく分からなかった。

しかし依千佳が描いたチイコの絵は、たしかにちょっと良かった。構図などはよくある普通の魚の絵だけれど、腹の繊細なふくらみや、尾びれの半透明の具合まで、薄い薄い色を重ねて丁寧に描かれていた。技術はともかく、チイコを大切にしていることが伝わってくる絵だった。中学生のコンクールではああいう繊細な絵が賞をもらうのか、覚えておこう、と思ったぐらいだ。両親は喜び、夕飯には依千佳の好物のオムライスがふるまわれた。

だが翌日、休日だったにもかかわらず教師から電話がかかってきて、特別審査員賞を受賞したのは別の中学校に通う女子生徒で、依千佳のもとに連絡が来たのは手違いだったことが告げられた。カタギリイチカという名前の読みが同じで、運営委員会内で書類が混同されたらしい。ひどい、ひどい話だった。両親はなんて失礼なと眉をひそめ、仁胡瑠もたいそう腹を立てた。美術に対する思い入れが深い分、受賞作を取り違えるといういい加減なやり方が許せなかった。でもとうの依千佳は、まるで失態を犯したのが自分であるかのように、受話器を置いたときからずっと、青ざめた顔でうつむいていた。

ひと月ほど経って、最寄り駅に絵画コンクールの受賞作品が張り出された。そんな不愉快なもの見なければいいのに、母親におつかいを頼まれて二人でクリーニング屋に向かう道すがら、わざわざ依千佳は駅構内で足を止めた。特別審査員賞、とリボン付きの札が貼られていたのは、神社と入道雲を描いた絵だった。コントラストの強い、わかりやすく目立つ画風だ。こういうのなら私の方が上手に描ける。くだらないコンクール、と仁胡瑠は内心で舌を出した。

二十枚ほどの受賞作を見つめ、依千佳はひとりごとのように言った。

「……すごいなあ、プロみたい。これじゃ負けてもしょうがないよ。色とか、構図とか、うまいもん。ほかの作品も上手だし、ここに私の絵が並んだら恥かいちゃう。委員会の人もさ、間違った通知を出したからって、審査員の偉い人が選んだ絵を勝手に変更するなんてできなかっただろうし。うん、怒ったってしょうがない。むしろ一日でも良い気分になれたんだから、得したと思わなきゃ」

しょうがない、しょうがないよ、と自分の絵がここに飾られていない理由を呟く姉の横顔を、仁胡瑠は信じられない気分で見つめた。

どうして姉は、自分がひどい目にあわされたということを無視して、相手を持ち上げるような奇妙なことを言うのだろう。問題は起こってない、ちゃんと事情は分かってる、みたいな態度で痩せ我慢をするのだろう。体がむずつくような気持ち悪さを感じ、仁胡瑠はその場で何度も床のタイルを踏みしめた。

その頃からだ。ずっと仲良しだった姉を、自分とはまったく考え方の違う別の人間として意識し始めたのは。

駅構内のざわめき、今はなくなったキオスク、遠ざかる依千佳のふくらはぎの動きがまぶたに浮かぶ。あれから、チイコはどうなったんだっけ。大きくならない、と依千佳が悲しんでいた覚えがあるので、きっとあっさり死んでしまったのだろう。そうだ、あの頃は言葉にできなかったけれど、創意工夫を経て品種改良された種ではなく、なんの変哲もない和金、しかも弱い個体をわざわざ愛でる姉の性質も、どこか偽善的に感じていやだった。

脳の片隅で考え続けてまどろんでいると、ぴろん、とまたスマホが鳴った。依千佳が痺れを切らせて追加のメッセージを送ってきたのだろうか。後にしよう、と無視をするも、ぴろん、ぴろん、とさらに続けて鳴った。

眠りにくい。むっとしながら体の向きを変え、スマホをつかんで画面を覗く。

【あけましておめでとうございます、貝原です。昨年は何かとお世話になりまして、ありがとうございました。本年もどうぞよろしくお願い申し上げます。……と、お決まりのご挨拶はこんな感じにして、唐突ですが、舞台のチケットが二枚手に入ったのでよろしければご一緒にいかがですか。衣裳と美術にすごく力を入れている劇団なので、きっと片桐さんに面白くご鑑賞頂けると思います。詳細は以下に……】

硬さと柔らかさの混ざる貝原のメッセージからは、潑剌とした彼女の声が聞こえてくるようだった。みるみる眠気が遠ざかり、仁胡瑠は体を起こした。

【あけましておめでとう。劇、行きたいです。今のところ今月のスケジュールは……】

むずがゆい気分で返信をしたため、送信する。

一緒に仕事を始めてから、貝原は前衛的な美術展や舞台、夜の工場見学、普段は閉鎖されている歴史的建造物の一般公開など、様々な催し物に連れ出してくれるようになった。バイト代の大半が材料費や宣伝費で消えてしまう仁胡瑠にとって彼女の誘いはありがたく、まるで深くて暗い芸術の森を、ランタン片手に案内されている気分になった。

ただ、その手助けは、時々仁胡瑠の中に処理しきれない戸惑いを生んだ。

だって、ずっと一人で走り続けなければならないと思っていたのだ。人生を捧げること、真摯にそれだけを考え続けること、他のものを望まないこと、それが芸術の神様に振り向いてもらうための条件だと、意識すらせずに信じてきた。

「あら、また松笠島で事故だってよ」

ニュースにチャンネルを合わせた母が声を曇らせる。仁胡瑠は頭を浮かせてテレビを覗いた。島内の製錬所で作業中に事故が発生し、作業員五人が重傷、一人が亡くなったという痛ましいニュースだった。利益ばかりが優先されるあまり徹夜や長時間労働が常態化し、安全面や衛生面が軽視され、労働環境が悪化している、と国際的な人権団体の代表が真剣な面持ちで警告していた。なんだかな、と仁胡瑠はテンションが下がるのを感じた。

島で働いている人たちは気の毒だけど、あまり考えるとしんどい。というか、正月にこんな映像を見たくなかった。せっかく資源が見つかり景気が良くなったのに、どうして現場の人たちは苦労しているんだろう。みんなお金持ちになるんじゃないの？　よく分からない。

こたつを出て、台所でグラス一杯の冷たい水をぐっと飲み干し、仁胡瑠は作業場を兼ねた自室へ戻った。

前髪をヘアゴムで一まとめにして、製作途中の作品を机に広げる。すると、意識はいつも広々とした真夜中の河川敷へ向かった。白銀の虎になった仁胡瑠は、凍り付くほど冷たい自由と孤独の空気を胸いっぱいに吸って、全速力で走り出す。

製作に集中していると、仁胡瑠は自分の感情が、片桐仁胡瑠という一人の人間の枠を越えてひどく残忍になったり、もしくは非現実的なほど慈悲深くなったり、大きくたわんで揺れるのを感じた。そうして善悪も美醜も一緒くたにこね回しているうちに、すうっと細く煙が上るような、弱々しくも真っ直ぐに天を目指す作品のヴィジョンが見えてくる。

だけど最近は河川敷に降りても、青暗い荒野のそこかしこから自分以外の気配を感じることが多くなった。それは温かい風を振りまきながら、一緒に世間を爆発させよう、と妖精のように誘う。それがいいことなのか、悪いことなのか、仁胡瑠には判断できない。ただ、冬枯れの荒野しか知らない動物が春の花を見て足を止めるように、素通りすることができなかった。

加工業者から返ってきた天然石を一粒ずつ慎重に金属の土台にのせ、貝原から受注した二ダースのラペルピンを仕上げていく。すべての素材が吸い付くように結びつき、目が離せない複雑で豊かな魅力を放ち始める。

納品した箱を開けたとき、あの人はどんな顔をするだろう。

想像して、ふ、と口の端が緩んだ。

＊

薄桃色の花びらが右に左にひらひらと、不規則な線を描いて落ちてくる。

「今、ぐらぁっと左に傾いた」

日本酒の入った紙コップを手に、依千佳はぼんやりとそれを見上げていた。隣に座る研究員の柳が、同じく間延びした口調で応じる。

「アー……傾きましたね。それまでは回転速度まで一定で、綺麗なカーブを描いて地面に届きそうだったのに」

「……まさか二百人規模の高齢者を対象にカカオポリフェノールカプセル摂取による血圧降下作用を長期観察しているときに、お昼の人気番組が『チョコレートは実は体に悪い？』なんて冗談みたいな特集を組むとはね。カフェインが含まれてるから摂取し過ぎるとよくないってだけの話なのに、あおるあおる……。しかも研究室の誰もそんな時間にテレビを観てないから、急に臨床試験の辞退者が増えた理由が分かるまでに二週間近くかかったし」

「やめましょうよ。なんとかなったというか、なんとかしたんですから……」

おかげで収集していたデータに無視できないレベルの欠損が生じ、担当者の柳だけでなく解析の手伝いをしていた依千佳も頭を抱えることとなった。臨床試験の過程でデータの欠損が発生することはけっして珍しいことではない。依千佳は非常勤講師への就任から一年をかけて、そうした欠損のあるデータの取り扱い方に関する論文をまとめた。本社の上司にすすめられてそれをある業界誌に送ったところ、幸いにも掲載が決まり、先日とうとうその号が発売された。

会社の厚意で出向している以上、なにかしら後に残る成果を上げなければ申し訳が立たない、とクリスマスも年末年始もほとんど記憶にないくらいのプレッシャーだったが、依千佳はようやく落ち着いて酒が飲める喜びを噛みしめていた。

「ああ、片桐くん。飲んでるかい？」

ビール片手に赤ら顔で声をかけてきたのは、柳が所属する研究室の長である熊乃井教授だ。循環器疾患の専門家で柴田部門長とも親交が深く、依千佳の大学出向が実現したのも、彼の口添えが大きかったと聞いている。医師や研究者にはあまり見られない気さくで豪快なタイプで、部屋の扉を閉めていても会話が廊下に筒抜けになるほど声が大きい。

依千佳にとっては、研究室への出入りを許してくれたり講義の相談に乗ってくれたりと、赴任後も親身に面倒を見てくれるありがたい相手だ。こうして熊乃井研究室の花見にも呼んでくれた。背筋を伸ばして頭を下げる。

「おかげさまで、おいしく頂いています。その節は論文のチェックまでして頂きありがとうございました」

「まあ、専門違いの僕ができるのは書き方の指導くらいだけどね。よかったじゃない、『医薬フロンティア』に載ったんだろ？　おかげでみんなの刺激になるよ」

カッカッと短く刻むように笑い、熊乃井は力強く依千佳の背を叩いて別の席へと移っていった。研究室の内外を合わせて四十人ほどが集まった大所帯の花見は、熊乃井教授の人脈の広さを表すようだ。感心しつつ、うっとりとした気分で日本酒をあおる。

ゴミをまとめて捨てに行く途中で、後ろからやってきた柳に声をかけられた。

「実は、転職するかも知れなくて。相談に乗ってもらえませんかね」

依千佳は足を止め、柳をしげしげと見返した。

正直なところ、意外だった。博士研究員三年目の柳は、ほぼ同年代であるという気安さもあって、なにかと行動を共にすることが多かった。山登りが趣味だという痩身の男性で、高血圧症に関する研究が専門だ。企業から研究室に依頼されたカカオポリフェノールカプセルの臨床試験も、最終責任者は熊乃井だが、実質的な監督役を任されるほど信頼されている。

若手研究員はそれほど給与待遇が良くないと聞くが、そのせいだろうか。しかし、長く同棲している彼女は確か公務員だったはずだし、それほど生活に困っている様子は見られない。目線で先を促すと、柳は大量のプラスチックゴミが入った袋の口を結びながら隣に並んだ。

「ここにいても、あまり先があるように感じないんで」

「え、そうなの？」

柳はあっさりとした口調だが、依千佳はつい声をひそめた。

「あの人は、研究じゃなくて金儲けが好きなんです。もちろんそれ自体は別に悪いことじゃない。資金がなければ研究はできないんだから、金を集めるのは大事なことです。でもだからって、必ずいい結果を出しますよ、この物質が体にいいなんて当たり前のことなんだから、って初めから企業に請け合うのは違うでしょう。当たり前なら、なんで臨床試験をやるんだって感じじゃないですか。企業の宣伝マンじゃあるまいし、研究者としての一線は守るべきだと思います」

「熊乃井教授がそう言ってたってこと？」

「声がでかいですからね。廊下を歩いてたら聞こえました。まあそれ以外にも、指示に一貫性がないとか、本職の研究をなおざりにしているとか、不満はあるんですが……それで、環境を変えるなら早いうちが良いし、いっそアカデミズムとは別の立場で医薬に携われたらと、就職も視野に入れていて。……なにか、アドバイスとかあったら」

「んん……そうだなあ……」

空はいつしか、熟れた柿のような色になっていた。満開の桜も、心なしか色合いがくすんで見える。

美しくも退廃的な景色を眺めながら、依千佳はぼんやりと先日の会議を思い出していた。

論文の掲載が決まった二月の終わり頃、久方ぶりに本社を訪ねて指定された会議室に向かうと、室内には日頃あまり顔を合わせないメンツが十人ほどそろっていた。開発部門と営業部門、それぞれのベテランが集められた印象がある。上座には柴田と、営業部門の責任者である赤石がついていた。

口火を切ったのは赤石だった。現在のNN製薬の状況について、一時的に経営は改善しているものの、国内市場は厳しい状況が続いている。三年以内に主力商品である降圧剤ブローリンの売り上げを倍増させ、国内シェア一位を勝ち取ることが喫緊の課題である、と強面を引き締めて発破をかけた。続いて、普段と変わらない柔和な風情で柴田が口を開く。

「二年前、海外の臨床試験においてブローリンにとても近い作用機序の薬が、他の薬に比べて副作用の発症リスクを大幅に抑える、という素晴らしい結果が示された。この薬の有用性を広く社会に示し、多くの人々の幸福に役立てることが私たちの使命だ。……ここにいる皆はとっくに分かっているだろう。創薬は極めて公共性が高く、責任が重く、そのくせ報われることの少ない難事業だ。ブローリンを始めとする主力商品をきちんと売り、注ぎ込んだ研究費を回収することがまた新たな薬の開発に繋がっていく。私たちの代で、先人達から受け継がれた医薬の火を絶やすわけにはいかないんだ」

決意あふれる柴田の声に、依千佳は背筋が伸びる思いがした。新人の頃はただ状況の悪化に右往左往し、居酒屋でくだを巻くぐらいしかできなかったけれど、一年かけて人脈を広げ、大学と企業の橋渡しを模索してきた今の自分なら、少しは会社に貢献することができるかもしれない。

――そしてできるなら、そろそろ社外にも広く知れ渡るような大きなプロジェクトに参加したい。自分も今年で三十三だ。ここで成果を上げられるか否かが、今後の会社員人生を大きく左右することになる。

時間をかけて、チームは様々なことを話し合った。NNブランドを再構築すること。特に業界のオピニオンリーダーとなっている有名な医師や研究者にブローリンのシンパになってもらうよう働きかけること。

「やはり現場のお医者さんたちに他社の薬からブローリンに処方を切り替えてもらうには、説得力のある宣伝文句が必要です」

「その海外の臨床試験は宣伝に使えないのか？」

「作用機序が近いとはいえ、もちろん違う薬なので、それだけを伝えてもインパクトに欠けるかと」

「有名な先生の解説と、お墨付きが欲しいところだな……学会に誰か協力的な人はいないのか？」

部署をまたいだ活発な議論が交わされる。しばらく成り行きを見守っていた赤石が、おもむろに口を開いた。

「いいか、間違えるなよ。いいものは売れるなんて思い込みはただの怠慢だ。いい薬こそ、力を尽くして患者さんの手元へ届けなければいけない。インパクトのあるイメージ戦略がなにより重要だ」

シビアな一言に緊張が走る。獣が明日の糧を探すように、誰もが必死で案を出し合った。熱の入った会議は、深夜にまで及んだ。

あの苦しくも誇らしい生存競争の現場を思い返せば、柳の発言は依千佳の耳に、いかにも物を売ったことがない、研究費をもらうことに慣れた学者の言葉として響いた。

「……やっぱり、色々な違いがあるよ。特にうちみたいな先発品メーカーは特許が生命線だから、他の会社より一分でも早く出願するため、スピード重視で研究することになる。仮に研究の現場に行かなくても、今ある薬を特許切れまでにいかに売りまくるかってことを考え続けなきゃならない」

そこで、依千佳は咳払いをして、喉に溜まった唾液を飲み下した。

「だからね、私はそんなに今の話に、すぐさま柳さんと同じテンションで怒れないっていうか……熊乃井教授はそういう製薬会社側の焦りも知ってて、だからちょっとリップサービスしただけなんじゃないかな？」

淡泊な柳の顔がわずかに険しくなる。依千佳は胸の辺りに辛さを感じつつ、言葉を足した。

「なんにせよ、環境や価値観がガラッと変わるから、よく考えた方がいいよ。もしもうちの研究職から直に話を聞きたかったら、セッティングするから言ってね」

「ありがとう。……よく考えます」

二度、三度と苦しげに首を左右に傾け、柳はハアとため息をついた。

間借りしている熊乃井研究室に戻ってノートパソコンを開くと、柴田からメールが届いているのに気づいた。後日、とある産学連携プロジェクトの相談に乗るため、別の大学に随伴してほしい、という要請だった。

【当日はＮＮ製薬ではなく、神楽医科大学の講師として使っている名刺を持ってきて下さい】

わかりました、と何気なく打ち込んだ瞬間、人差し指にぴりっと小さな痛みが走った。

子供の頃、路肩に放置された木片を無防備につかみ、目に見えないほど微細な棘が指に刺さってしまったときのような、鈍くて淡い、正体のわからない痛みだった。

小さな痛みは、ほんの数秒後には依千佳の意識から流れて消えた。依千佳は送信ボタンをクリックし、ううん、と背伸びをしてパソコンを閉じた。

帰りにシャンプーとトイレットペーパーを買わなければ。ビールも切れていたな。近くのチーズ専門店に寄って、ちょっと高いのを奮発して帰ろうか。考えつつ荷物をまとめ、薄手のコートを羽織る。夜通しで実験を続けるのだろう学生や研究員達に声をかけ、研究室を出た。

ふと、真っ暗な廊下の窓に目をやると、月明かりを受けた敷地内の桜が青白く輝きながら、さらさらと花びらの雨を零《こぼ》しているのが見えた。今日も暖かかったし、きっと数日のうちにすべて散ってしまうのだろう。音もなく、なんの未練も見せずに崩れていく。栄華の終わりはいつだってさみしい。

依千佳はその美しい景色にしばらく見とれ、しかし目を離したときには忘れていた。校舎を出ると、空気は意外なほど暖かい。コートを脱いで腕に引っかけ、揚々と夜の通りを歩き出した。

# 3

　のちに繰り返し詳細を問われることになる、重要な――重要だと追って認定された、いくつかのやりとりがある。その場に誰がいましたか、口火を切ったのは誰ですか、あなたはなにをしゃべりましたか、先方にあなたの素性を明かしましたか。そんな問いかけのほとんどに、依千佳は「よく覚えていません」と答えた。隠し事をしたわけではない。単純に、記憶があいまいだったのだ。いくら「重要だとされたやりとり」でも、当時はただ流れていく日常の一シーンで、特別に覚えておかなければならない理由などなかった。また、似たような場面は山ほどあって、時期と人物と発言を完璧に判別するのは困難だった。

　ただ、柴田に連れられて都内のとある医大を訪ね、初めて神楽医科大学の非常勤講師の名刺を出したとき、目の前の老教授は軽く頷いたきり、依千佳の大学での仕事についてなにも聞かなかった。血管の基礎研究の権威だという青羽《あおば》教授の物腰には、初めて顔を合わせる仕事の関係者というより、柴田の部下の一人を相手にするような気やすさと馴れが感じられた。ぽつりと落ちたごま粒ほどの違和感は依千佳の心に薄い波を立て、間違った椅子に座ってしまったような居心地の悪さを残した。

しかしそんな小さなつまずきは、目の前で交わされる会話の重要性に押しやられて霧散した。

その大学では、ブローリンと、ブローリンとは別の作用機序で血圧を下げる国内シェア一位の高血圧治療薬の、心筋梗塞や脳梗塞といった心血管合併症の発症率を比較する大規模な臨床試験が企画されていた。青羽教授は短く整えた顎髭をこすりながら、気だるげだがしたたかさの滲む口調で言った。

「まあ、海外での発表を踏まえれば、結果は初めから見えているようなものだけどね。うちの大学の附属病院に、少し前に新しく分院ができてさ。新人教育だの研究だので相互に協力するよう呼びかけてたんだけど、なかなか病院ごとの縄張り意識が抜けなくて困ってたんだ。こういう大きなプロジェクトは、全体の結束を高めるのにちょうどいいよ」

場には柴田と依千佳の他、大学病院の営業担当者やその上司の姿もあった。素晴らしい機会をいただき感謝しております、と全員で頭を下げる。青羽教授は目を細め、たっぷりと間をあけて頷いた。

「それじゃあ、データの解析はそちらの……えー、片桐さんにお願いしますね。追って、現場の担当者から連絡させますんで」

「はい、どうぞよろしくお願いいたします」

大学に生物統計の専門家が在籍しておらず、青羽教授にも伝手《つて》がなかったらしい。そこで提出されたデータの解析を手伝うよう、営業部を通じて依千佳に白羽の矢が立った。まさか自分がブローリンの研究に携わることになるとは思わなかったが、年商五百億円を超える会社の生命線ともいえる商品を任された興奮はじわりじわりと血管を巡り、静かに体を火照らせた。いい結果が出て欲しい。いや、出さなければならない、と強く思う。

「それじゃあ、今後も持ちつ持たれつということで一つ。——先生、是非またこちらでもお声がけさせてください」

青羽教授と旧知の仲であるらしい柴田が、猪口を傾ける仕草とともににこやかに場を締めくくった。業界は狭く、ある程度名の通った人物は誰も彼もが顔見知りだ。いざというときは人脈がなによりも物を言う。

しかし柴田のような如才のない振る舞いは、自分には難しいだろう。社内で勝ち上がるにはそれ以外の強みを見つけなければならない。三十代に入り、依千佳は自分のキャリアプランを考える機会が多くなった。NN製薬だけでなく、医薬業界はいまだ男性社会の傾向が強く、結婚やその後の出産を視野に入れればなおさら、キャリアを損なわずに産後復帰するための強いアピールポイントが必要になる。

他にも挨拶に回るという営業部員と別れ、柴田と二人でタクシーに乗った。

「ここ以外にもまだ数件、片桐くんにデータ解析を頼みたい研究があるんだ」

「ブローリンにまつわる研究ですか?」

「うん。タイミング良く、臨床研究をやりたいって申し出がいくつかあってね。細かく条件を変えて他社商品との比較を行う。いい結果が出て、突破口になるといいんだけどねえ。……なんとか五年以内に年商一千億の壁を越えて、この馬鹿げたバブルの終わりに備えたいものだ」

「バブル、終わりますかね」

「どんなバブルも必ず終わるよ。だからこそ僕たちはあらゆる事態に備え、会社の活路を切り拓かなければならない」

そこまで言って、柴田は真剣な顔で念を押した。

「君はあくまで神楽医科大学の講師として研究に関わるんだ。立場を間違えないように」

一人の独立した研究者として、仕事をまっとうしろということだろう。もちろんです、と依千佳は表情を引き締めて答えた。

「僕もこういう臨床試験にはずいぶん携わったよ。うまくいかずに辛い思いもした。なかには気難しい先生もいる。よりよいアプローチを模索して、もうこんな、コメツキバッタみたいに頭を下げて、もう一度お願いしますって頼み込んだり……でも、そういう地道な努力と気配りが、結果に繋がるんだ」

「胸に刻んでおきます」

きちんと発声し、頭を下げる。妹のような特別な視点はなくても、地道な努力と気配りには自信がある。

——依千佳ちゃんは本当にしっかりしてる。浮ついたところがなくて、謙虚で大人っぽいよ。安心してみていられる感じ。

たまにしか会わない親戚のおばさんたちは、いつもそう言って幼い依千佳を褒めてくれた。

分をわきまえていること、隙を作らず失敗しないことが自分の強みだ。気難しい年上からも好かれ、組織でうまくやっていける。

「うん、片桐くんなら大丈夫だ」

表情を緩め、柴田は大きく幾度か頷いた。信頼と仲間意識を感じる温かい仕草だった。サポートをされる新人でも、能力を測られる中堅でもない、会社に頼られる立場になったことが、嬉しかった。

＊

その電話がかかってきたとき、仁胡瑠は鮮やかな薔薇の園の真っただなかにいた。耳のふちをくすぐる軽快なメロディに、振り返る。

「あ、私です。ごめんなさい」

背後を歩いていた貝原が恐縮しつつ、スマホの画面を覗いて会場の隅へと向かった。老舗百貨店のイベントスペースで催された『あなたが知らない世界の薔薇展』は、平日だというのに多くの来場者で賑わっていた。

きっと仕事の連絡でも入ったのだろう。さほど関心を寄せず、仁胡瑠は展示された薔薇に目を戻した。薄い花弁を密に重ねたオールドローズの貞淑と官能。大輪で明瞭な花形を持つモダンローズの、眩しさすら感じる無邪気な美。丹念にドレスアップしたそれらの花を眺めたあとはなおさら胸に突き刺さる、品種改良のされていないワイルドローズの可憐さ。目を奪う紅色、触れたら指の熱で溶けてしまいそうな白色、舌に乗せて甘さを確かめたくなる薄桃色。薔薇、と一言で呼ばれる植物にこれだけの多様さと奥深さがあるなんて知らなかった。その場に飾られた一輪一輪が、てのひらに乗せて帰りたいほど精巧だ。

植物をモチーフにした作品をよく作る割に、造形が甘い。ぜんぜん生きている感じがしない。フェイクフラワーかドライフラワーって感じですねえ。貝原からにこやかで容赦のないダメ出しを受け、年明けから二人で全国の花の展示会を巡った。貝原が仕事で知り合った花卉《かき》農家の温室にも押しかけた。他にもレース編みの作品展であったり、独特の染色をする毛糸の工場であったり、様々な場所を訪ねた。

貝原から湯水のように注がれる刺激を受け止め、溺れかけながら咀嚼《そしゃく》して自分なりの表現に落とし込む。それを繰り返すうちに自分の内部で躍動する物作りへの衝動が一回りも二回りも太く、たくましくなるのを仁胡瑠は感じていた。

それまでなにも感じずに目に映していた町の景色が、急に奇妙さや美しさを訴えて、考えもしなかった作品製作のヒントになっていく。作りたいものが無数にある。手が、頭が全然追い付かない。桜が散った頃からずっと、熱っぽい高揚感に包まれている。

「ほんとですか！」

素っ頓狂な高い声が、心地よい集中を打ち破った。他の来場者が怪訝《けげん》そうにそちらへ振り返る。仁胡瑠は足早に鑑賞の列を離れ、貝原のそばへと向かった。スマホの通話を切った貝原は、心なしか頬を紅潮させていた。

「トオリマナが、ポーラスターのアンバサダーを引き受けてくれたって。スケジュールが厳しいからって初めは断られてたんだけど、ギャラを予定よりも出せることになって、再交渉したら調整してもらえた」

「えっ、すごい」

トオリマナは中毒性の高いメロディと圧倒的な歌唱力で幅広い世代にファンを持つ、今もっとも勢いのあるシンガーソングライターだ。街を歩けば一日に何度も彼女の歌が耳に入る。ゆるめのパンツスーツを色っぽく着崩す彼女のスタイルは、若者のファッションに強い影響を及ぼしている。彼女が宣伝に協力してくれるなら、サイトは確実に話題を呼ぶだろう。

「……私は、アクセサリーだけ作っていれば良いんだよね？」

案内所でタクシーを呼び、柔らかな革張りの後部座席にすべり込んだ仁胡瑠は、隣でタッチパッドを操作する貝原に聞いた。次は横浜の美術館で開催されているガラス細工の展示会に向かう予定だ。問いかけに、貝原はパチパチとまばたきをする。

「なに？　いきなり」

「なんだか大ごとになってきたなって」

製作した商品を実際の店なりインターネット上の店なりに並べ、気に入った人がいたら買ってもらう。それがこれまで仁胡瑠が繰り返してきた、分かりやすい商売の在り方だった。売り上げを増やしたければ数を増やすか、価格を調整するか、ディスプレイを工夫する。そのくらいしか思いつかない。

サイトがオープンする前からメディアに取材してもらえるよう手配したり、大物シンガーを起用したり、貝原や出版社が行っている仕事は状況の変化が目に見えづらいため、いったい最後にどんな結果がもたらされるのか、仁胡瑠は上手く思い描けなかった。ただ、プロジェクト全体が大きくなっていると感じることはできる。そんなに大きくしてどうするんだろう、扱いにくくなったりしないいんだろうか、とも。

貝原は口をとがらせ、少し考え込んだ。

「大ごと……うーん、それほど飛び抜けて大ごとになっているわけじゃないんだけど……なにか不安にさせちゃった？」

「いや、なんだろう……この先どうなるのか、よく分からない感じで、緊張してるのかも」

この先、と小さく呟いて貝原はタッチパッドの液晶に指をすべらせた。

「片桐さんはこの先どんなアーティストになりたい？　どこのデパートのジュエリーコーナーにも商品が置かれている売れっ子？　それとも、作品一つ一つにものすごい高値がつく芸術家？」

「……イメージできないな。でも、貝原さんがまとめて作品を買ってくれるおかげでバイトを辞められたから、それはすごく助かってる。物作りだけで生きていけるよう、ある程度は売れないとって思うよ。あと、これを作れてすごく満足だ、楽しかった、って心から思えるものを作りたい」

「相変わらず、善し悪しの基準は片桐さん自身の満足感なんだね」

「それってだめなこと？」

「ううん。もちろんだめじゃない。でも、他の人を説得する材料にはなりにくいかな。私が目指すこの先はね……」

人差し指で幾度かタップし、貝原は仁胡瑠にタッチパッドのディスプレイを向けた。黒と金を基調にしたラグジュアリーな雰囲気のサイトには、『第二十八回　ジュエル・オブ・ザ・イヤー』と派手なロゴが掲げられていた。どうやら年に一度、各世代で最も美しく輝いたとされる男女各六人、計十二人の俳優と、それぞれの世代および性別から最も支持された十二のファッションブランドを称える賞らしい。俳優たちが受賞したブランドの服やアクセサリーを身に着けて式典へ臨む、きらびやかな写真がいくつも掲載されている。

「過去に、優れたセレクトショップが受賞した例もあるの。私もいつか、このステージに立ちたい」

「それが貝原さんの夢？」

「うん」

「そっか……」

この輝かしいステージに連れて行ったら、目の前の人はどんな風に喜んでくれるだろう。想像するうちに、体をすくませた緊張や警戒が少しずつほどけていく。

日が傾き、東の空から深い青紫色が広がり始めた。ハイブランドの路面店が並ぶ大通りは美しい紙袋を提げた会社帰りの人々で賑わっていた。イルミネーションが輝くライトアップされた街をタクシーで走り抜ける。まるで、光の海を泳いでいるようだった。

それから三ヶ月後、死に物狂いで依頼されたアクセサリーをすべて納品した仁胡瑠はファッション通販サイト「ポーラスター」のオープンを出版社の会議室で迎えた。

仁胡瑠と貝原以外にも、運営に携わる社員、仁胡瑠と同様に特設ページが用意された目玉作家、撮影に協力した主要なモデルなど、サイト開設に深く関わった十五人ほどの関係者が集まった。出前の鮨とケータリングの総菜が並んだテーブルを囲み、プロジェクターに映し出されたパソコン画面を見上げてそのときを待つ。

午後六時。システム担当者がページを更新し、素肌に光沢のあるブラックスーツを着て胸元をカラフルなネックレスで彩ったトオリマナの画像がインデックスとともに表示されると、大きな拍手が湧き起こった。お疲れさま、おめでとう、と言い合って手にしたドリンクの缶を触れ合わせる。貝原は乾杯をする余裕もなく、膝の上に開いた自分のノートパソコンを食い入るように見つめていた。

「どう?」

ビールで口を湿らせた仁胡瑠が聞くと、貝原は黙ってディスプレイを指さした。ホームページの解析画面を確認していたらしい。アクセス件数を示す折れ線グラフがある一点から岸壁を駆け上がるような伸びを見せ、SNSを中心に猛烈な勢いでアクセスが殺到している様が表示されていた。

「え、すごい!」

思わず叫ぶと、貝原は興奮に赤らんだ頰を押さえつつ、同じくらい大きな声で応えた。

「そりゃそうよ、あれだけ広告費ばらまいたんだもん! ああ、テンション上がる! やばいね！」

さっそく注文来てます！　と別のパソコンを確認していたシステム担当者が声を上げ、再びわっと場が盛り上がった。

「よかったー！　さあ、お祝いしましょう！」

サイトオープンを告知する文面をＳＮＳの広報アカウントに投稿し、貝原はやっとビールのタブを起こした。

祝賀会は和やかなムードで二十時過ぎまで続いた。アクセスがいよいよ増加する時間帯に入り、貝原を除く社員達は調整のために席を外した。

散会後、仁胡瑠が会議室に残ってあと片付けをしていると、他の作家やモデル達を会社の玄関まで見送った貝原が重たげな足取りで帰ってきた。

「おつかれさま」

仁胡瑠の呼びかけに、貝原は青白い顔を引きつらせて微笑んだ。緊張が緩み、疲れが出たのだろう。ここ数日は準備であまり眠れなかったらしい。

「少し、休憩……」

肺が空になりそうなほど深い息を吐き、貝原は椅子に腰を下ろした。仁胡瑠は彼女に構わず、紙皿や割り箸をゴミ袋に入れてテーブルを拭いた。

「ごめんね、片桐さんにそんなことまで手伝わせて」

「好きでやってることだから」

「製作も、最後はだいぶ無茶なスケジュールだったのに、応じてくれてありがとう」

貝原は上半身を倒し、テーブルに頬をくっつけた。彼女には珍しい、子供っぽく気の抜けた仕草だった。

「やっとオープンしたのね……信じられない」

「あれだけ準備したんだから、そりゃオープンするよ」

「ううん、そうとは限らなかったもの。たくさん準備して、色んな人を説得して、エネルギーも時間もありったけ注ぎ込んで、それでも最後の最後にだめになるなんて、しょっちゅうだった。だから今回も、土壇場でいきなり『やっぱりあれなしな』とか誰かに言われて台無しになるんじゃないかって、本当はすごく怖かったよ。……望んだものがきちんと形になるなんて、初めて。こんなに嬉しいことなのね」

「ふーん……大変だ」

少なくとも自分は、作りたいと望んだものをいつも形にしている。仁胡瑠の相づちはどちらかというと、望みを形にするために大勢の承認が必要な勤め人の在り方についてだったが、貝原は唐突に、なにかに気づいた様子で顔を上げた。

「ああ、片桐さんにとってはバブルの前の社会より、後の社会の方が馴染み深いのか。……そりゃそうか、若いもんね」

「え、これってそういう話だったの？」

仁胡瑠は眉間にしわを寄せた。正直なところ、周囲の年上が言う「バブルの前はこんなに大変だった」的な辛気くさい話には辟易していた。そういう苦労話にはもれなく「お前は今の時代に生まれて幸せなんだぞ、感謝しろ」という不愉快な圧力が貼り付けられている。

「でもバブルの前だって良いものは認められたし、売れてたんでしょう？　最後の最後で企画が通らなかったのを時代のせいにするべきじゃない。あと一押しの工夫が足りなかった、それはなんだろうって悔しがる方が建設的だよ」

怒らせるかもしれない、とは思った。堂島なら確実に声を荒立てていただろう。しかし貝原は唇に薄い笑みを乗せただけだった。仁胡瑠には読み取れない、愛おしむような悲しむような、不思議な表情をしていた。

「……なに、呆れた？　幼稚だって？」

「ううん、そんなことない。……そうね、きっとこれからはそんな風に世の中を見る人が多くなるのね。社会……んん、人生を信じてるっていうか……片桐さんは、美しいよ。その潔さと猛々しさが喜ばれ、当たり前になる時代が来る。もっともっと、売れると思う」

ぽつぽつと呟く彼女からは、いつもの隅々まで整えられた大人の余裕が感じられなかった。どこかがほころび、揺らいでいる。なにかを伝えたい、と仁胡瑠は焦り、しかし気持ちをうまく言葉にできずに口をつぐんだ。

貝原は緩慢に手を伸ばし、テーブルの端に置いてあったノートパソコンの電源を入れた。キーボードを叩き、ディスプレイに表示したいくつかの画面を確認する。

「ああ、やっぱり。納品してもらったアクセサリー、おかげさままで完売しました。追加の発注させてね」

頬に手を当てたおどけた仕草で片目をつむる。もう普段通りの、バランスの取れた社会人の顔に戻っていた。

たった二時間で三百個のアクセサリーが売れたなんて信じがたいことだ。仁胡瑠は軽い眩暈《めまい》を感じた。自分が立っていた小舟が急に沖に向かって動き出したような、とっさに座り込みたくなる浮遊感だった。

ポーラスターは「他のファッションサイトとは一味違う個性的なアイテムを、コーディネートの仕方も含めて教えてくれる場所」として若い世代を中心に人気を博した。美しさではなく、親しみやすさに重点を置いたモデル選びも「背伸びをしなくていい」と好感を持って受け止められているようだ。

商品は入荷した端から飛ぶように売れ、あまりに品薄が続いたため、オープンから数ヶ月もしないうちにサイトに作品を卸している二十人ほどのクリエイターのほとんどが製作を工場に委託するようになった。しかし仁胡瑠はどれだけ人気が出ても頑として予約や注文を受け付けず、自分が作りたいものを可能なだけ、という生産ペースを崩さなかった。おかげで仁胡瑠の新作が発表される毎月二十日の午前十時はサイトの表示が困難になるほどアクセスが集中した。

テレビの取材が入ったのは、そんなときだった。

ポーラスターの宣伝になるから、と貝原に頼まれて引き受けたものの、ちょうど製作が佳境に差し掛かっていたため、仕事場である実家の自室に取材陣を入れた、短時間のインタビューとなった。

アクセサリーを作り始めたきっかけは？　憧れのクリエイターは誰？　これだけ人気が集中しても生産数を上げないのはなぜ？　本当に興味があって聞いているとは思えない、あまりに凡庸な質問が続いた。これから社会で更に活躍する二十代を発掘するなどと謳っているが、実際はただルーチンをこなしているだけのつまらない番組だ。どうせなにか新しいことをしよう、誰も見たことがないものを作ろうだなんて考えたこともないのだろう。

一度そう思ってしまうと、ビタミンカラーの化粧であったり、長い髪をふんわりとカールさせた髪形であったり、デコルテを広く露出させたビビッドなドロップショルダーのニットであったり、ここ数年で飽きるほど見た星を縦に三つ重ねたペンダントトップであったり、全身を流行りもので固めた若い女性リポーターまでもが耐えがたく凡庸に思えてきた。彼女は自分の好きなアイテムなんて一つも身につけていないに違いない。あえて身につけないのか、身につけられないのか、どちらだろう。というかこの時間そのものが凡庸で、壮大な無駄で、抑圧的で、クリエイティビティのかけらもなくて――。

「……ねえ、なんでそんな、誰にも文句を言われないように気をつけています、みたいな格好してるの？」

リポーターはまるで理解できない異国の言葉を投げつけられたみたいに、ぽかんと目を丸くした。それまで壁際でにこやかに相づちを打っていた貝原が表情を強ばらせ、なにかを訴えるように首を左右に振る。仁胡瑠は構わず、椅子を軋ませて前かがみになり、体をリポーターへ近付けた。

正面から丹念に彼女を見つめ、やがて腰を浮かせて、両手をうなじへ向かわせる。とっさに身を引きかけたリポーターを、そばに控えていたディレクターが制した。仁胡瑠の意図を察したらしく、髪を持ち上げろ、と短い指示を出す。

ペンダントを取り去り、改めて彼女の鎖骨の形を眺めた仁胡瑠は、製作途中のアクセサリーを脇に寄せて、金具や宝石、チェーンなど、数百種類のパーツを収納した壁面の棚から必要なものを拾い集めた。表面にマット加工が施されたオーバル形のアクリルリングをゴールドの金具でつなぎ合わせて存在感のあるチェーンを作り、トップにはもともとサンキャッチャーの素材として輸入された輝きの強いドロップカットのアメジストを据える。最後に胸を張ったときにちょうど鎖骨と胸の中間でトップが輝くよう長さを調整し、リポーターの首に完成したペンダントをかけた。

「目が、きりっとしてて素敵なのに、笑いながらうつむく癖があるね。そうすると自信なさそうに見えちゃう。このくらいインパクトがあるのを着けておいた方がいいよ。アメジストが目に入ったら、顔を上げた方がいいって合図ね」

ペンダントは、流行りものを押さえているということ以外に印象が散漫だった彼女の輪郭を引き締め、心なしか表情を力強く見せた。そうだ、会ったときにまず、感じは良いけど妙に不安そうな人だな、と彼女の胸元にそこはかとない陰りを感じたのだ。その印象がアメジストで適切に補われ、良いものが作れたと自分でも満足する。

数分間、周囲の静寂に気づかなかった。

不自然な息づかいに顔を上げると、リポーターはアメジストを両手で握り締め、まるで嗚咽をこらえるように口元に力を入れたまま、涙を頬に伝わせていた。仁胡瑠は啞然として目を見開く。傍らのカメラの真っ黒いレンズが、食い入るように彼女の涙を捉えていた。やがてリポーターは涙をハンカチでぬぐい、ぎこちなく微笑みながら質問を再開した。

後日、件《くだん》のリポーターから直筆の手紙が届いた。番組に新しく起用されたばかりだったという彼女は、失敗を重ねて自信を無くし、毎日に不安を感じていたらしい。泣き出したことへの謝罪の他、もらったペンダントを大切にする、と感謝が綴られていた。

「あの人、よっぽど追い詰められてたんだね」

大げさな反応にかえって戸惑いを感じつつ、手紙を貝原へ渡す。文面を目でなぞった彼女は表情を引き締め、まばたきの数を多くした。

「これは……構成次第では、放映後にかなりの反響があるかもしれない。スケジュールはなるべく空けておこう」

「叩かれるってこと？」

「まさか」

翌月に放映された番組は、当初聞いていた職業インタビューとはかけ離れた「苦悩する新人リポーターと、それを救った天才ジュエリーデザイナー」のドラマチックなドキュメンタリー作品になっていた。リポーターが大粒の涙をこぼすシーンは特にクローズアップされ、そのシーンが放映された直後からアクセス過多でポーラスターのサーバーがダウンした。

「lapis」のホームページには百通を超える取材や仕事のメールが舞い込んだ。特に多かったのは個人向けアクセサリーの製作依頼で、なかには名の通った歌手や俳優の所属事務所からの問い合わせもあった。一人では到底すべてに目を通すことも判断することもできず、途中から貝原に返信の代行、さらには仕事の絞り込みまで頼るようになった。

「……みんな、私を買い被りすぎだ」

ほんの数ヶ月前までは想像もしなかった媒体、想像もしなかった相手との仕事が組まれた来年のスケジュールを眺め、仁胡瑠は苦々しく呟いた。ブレイクの喜びよりも先にやってきたのは、まるで世間に大がかりな嘘をついてしまったような形のない恐怖だった。

だって、堂島の店のレンタルボックスに作品を展示していた頃と、自分自身はなにも変わっていないのだ。作品がろくに売れず、ボックス代が赤字になった月だってけっして珍しくはなかった。それなのに今はひと月かけて作り溜めた作品がたった数分で魔法のように売り切れてしまう。それどころか、来年には世間に疎い自分でも知っている大物俳優が、ドラマで自分のアクセサリーを身に着けるのだという。今までにない美しいものを作り出せたとか、容易に真似されない技術を修得したとか、なんらかの到達点に辿り着いたとか。自分がブレイクする時はそんな、明快で強固な理由を握り締めていると思っていた。だけど両手は心もとなく空のまま、浮き上がった風船にしがみついて地上を離れてしまった。

強い不安に苛まれ、仕事が手につかなくなった。翌週にはいくつかのアイテムを納品しなければならないのにどうしてもデザインに確信が持てず、パニックになって貝原に連絡を取る。すると彼女はすぐに出版社のそばにあるシティホテルに部屋を確保した。仁胡瑠が不自由なく作品製作を行えるよう仕事道具を運ばせ、必要とあらば日に何度もその部屋に来て、ケアできる態勢を整えた。

アロマディフューザーが心地よい香りを漂わせる広々としたホテルの一室で、貝原は緊張で冷え切った仁胡瑠の両手を握った。

「ねえ片桐さん。自分を信じられないなら、私を信じて」

力のこもった温かい手だった。仁胡瑠がそろりと目を見返すと、彼女は厳かに一度、誓いを刻むように頷いた。

「私を、信じて。片桐さんには才能がある。なに一つ不安に思わなくていいの。ただ感じたことを感じたまま、作品にぶつければいい。それでなにもかもうまくいく。ううん、うまく行かせてみせる。あなたは時代に選ばれた。なら、思い切り走らなきゃ。誰も見たことがない領域に、みんなを連れて行って」

「……あなた、じゃない。時代に選ばれたのは、私たち、だよ。今の私は貝原さんに助けてもらって、ここにいるんだから」

ぎこちなく伝えると、貝原の目が心なしか潤んだ。

「そう思ってもいいの？」

胸がいっぱいになり、仁胡瑠は貝原の手を握り返した。自分一人ではだめだった。彼女一人でもだめだった。二人でようやく分厚い壁を破ることができた。自分たちは運命に導かれたパートナーだ。

彼女と出会った自分は、もう冬枯れの荒野でのたれ死にしなくていいのかもしれない。目の奥がつんと痛んで熱を持った。

年明け早々に、大きなニュースが飛び込んできた。

姉の依千佳が、結婚する。

式は、軽井沢の森の中にある老舗ホテルで新緑の季節に催された。

親族向けの控え室で対面したドレス姿の依千佳は、動作や表情の端々が幸福そうに輝き、まるで光の衣でくるまれているようだった。こちらを見るなり、仁胡瑠！　と弾むように言って、たっぷりと膨らんだスカートをたくし上げて近づいてくる。

「やだもう、有名人が来ちゃった！　このあいだもテレビで見たよ。なんだっけ、あの、仁胡瑠がトオリマナと一緒に、ヨーロッパの美術館を案内するやつ」

「ああ、ベネチアの……うん、観てくれてありがとう」

「髪形変えたんだね。前はいつ見ても寝癖だらけで、前髪をゴムで結んでぴょんって跳ねさせてたのに……ベリーショートの金髪、めちゃくちゃ似合ってる。あんたテレビに出るようになってほんとに綺麗になったよ。なに、メイクさんとかいるの？」

「番組の時はメイクしてもらえるけど……いや、今日は私の話はいいでしょう。おめでとう。依千佳もすごく綺麗。ドレス、よく似合ってる。あとそれも、つけてくれてありがとう」

照れくささを感じつつ、ミルキークオーツで作った薔薇と、輝きの強い真珠を交互に配置した花嫁のネックレスをてのひらで示す。

結婚の報告を受けてすぐに、祝いのアクセサリーを作らせてもらおうと思った。薔薇は依千佳の人当たりの良さや親切さを意識して、花びらが丸く、盃のように花形が開いたオープンカップ形にデザインした。色を白にしたのは、白薔薇が「深い尊敬」という花言葉を持っているからだ。作業台に向かううちに、彼女のためならいくらでも、無限にネックレスを作り続けられそうだと思うほど大げさな祝福が体の底から湧いて出て、自分はこんなに姉のことが好きだったのかと驚いた。

そうだ、依千佳のことが好きだ。自分とはまったく違う生き方をする姉。善良で、親切で、当たり前のように自分よりも他人を優先する。そんな彼女の姿勢が理解できずに気味の悪さを感じた瞬間もあったけれど、あれは自分も姉も、ただ幼くて不器用だったのだ。

いつだったろう。酒の席で、中高の頃から恋人が途切れない姉と、それまで誰とも付き合ったことがなかった自分を比較して「仁胡瑠ちゃんもちょっとは頑張りなよ」などと揶揄《やゆ》した親族に、依千佳は自然な口調で切り出した。

「仁胡瑠は——……なんていうか、私とは全然、世の中を見る視点が違うんです。アートが好きで、たぶん人間と付き合うよりも好きなんじゃないかな。仁胡瑠は仁胡瑠のまま、好きにするのが一番いいと思いますよ」

一生、作品だけ作って生きていきたい。そんな自分の生き方に対してひとかけらの否定も評価も行わず、へえーそうなんだ、と丸呑みしたのは依千佳だけなんじゃないだろうか。

唐突に、過剰なくらいの感謝がこみ上げてネックレスを作りながら少し泣きそうになった。信頼できるパートナーを得て仕事の足場が固まり、さらには依千佳にもいいことがあって、なんだかふわふわと高揚したまま、情緒が定まらない。最近は周囲の人たちの優しさに気づく瞬間が増えた。姉のことも、前よりずっと柔らかな気持ちで受け止められる。肉親を好きでいられるって、なんて幸せなことだろう。

そして、とうとうやってきた姉の晴れ舞台を、仁胡瑠は心から楽しんだ。新郎の龍之介は実家に挨拶しに来た大学生の頃と変わらず、屈託のない好青年然としていて仁胡瑠にとっては苦手なタイプだが、純真同士で依千佳とは相性がよさそうだ。

司会の紹介で驚いたのが、製薬会社勤務だったはずの姉がいつのまにか複数の大学で教鞭をとる本格的な研究者になっていたことだ。とはいえ、会社の人も出席しているようで、新郎側の関係者も合わせて二百人近くが参列する盛大な式だった。熱帯魚長者の父が気合いを入れたらしく、披露宴の会場も、料理も、テーブルの端を飾る花までなにもかもが申し分なく、引き出物の中にはビロードケースに納まった小粒のダイヤまで入っていた。

新郎新婦がキャンドルサービスのために親族席を訪れた。二人を囲んで写真を撮ることにする。仁胡瑠は依千佳の隣に立ち、軽く体を寄せて笑顔を作った。カメラを構えた写真係が、こんなリップサービスをした。

「気鋭の研究者とカリスマデザイナーだなんて、才色兼備にもほどがある姉妹だ！　ご両親は幸せですねえ」

照れくさそうに母は頷き、父は「ここまでが大変だったんですよもう！」などと商売人らしい軽口を叩いた。場が温まり、シャッターが切られる。

後日届けられた写真には、見たことがないほど幸せそうに笑う自分がいた。照れくさくて、机の引き出しの一番下に隠した。

＊

「ねえねえ依千佳のところは、子供は？　作らないの？」

今日一日で、一体なんどこの質問を受けたことだろう。萎えかけた表情筋に力をいれて、きゅっと口角を持ち上げる。

「うーん、仕事が落ち着かなくてさ」

「あ、いま大学の先生だっけ」

「わかるわかる、仕事と調整できないよね。私もそうでさー。しかも激務のストレスが不妊の原因だなんて言われて、迷ったけど三十五を過ぎると色々大変だって聞くし、思い切って辞めちゃった」

「私は産んだあとに辞めた。育児も仕事も両方とも中途半端で、毎日死にそうに疲れてて、なにやってるんだろうって思ったのがきっかけ」

「子供を産むと色々変わるよねえ」

シャンパンのグラスを手にした子持ちの同級生たちがしんみりと頷き合う。相づちを打ちながら、依千佳は内心で苦々しいため息を吐いた。

結婚から二年が経って子供がいないというのは、こうも不思議がられるものなのか。むしろ依千佳は、どんな事情であれ彼女たちが仕事を手放したことの方が信じられなかった。これまで必死に作り上げてきた社会との回路を断ち切った生活なんて、想像もできない。それとも子供が生まれたら、子供を通じてまた別の世界が広がるのだろうか。こうして比較する相手が現れると改めて、自分は仕事が好きで、出世もしたいタイプなのだと実感する。

学科の同窓生のうち、会に参加したのは三十人ほどだった。小さなイタリアンレストランを貸し切った立食形式のパーティはすでに初めの盛り上がりを通り過ぎ、数人ずつが固まって近況を語り合う間延びした穏やかな段階に入っている。ビュッフェコーナーでデザートをとっていると、背後から肩を軽く叩かれた。

振り返って目が合った、こちらへ微笑みかける紺色のシックなワンピースの女性の名前がとっさに浮かばなかった。白目がくっきりと明るい、いかにも賢そうな大きな目。日に焼けた肌。落ち着いた笑い方。ああ、知っている。けれど、いつも一緒にいたわけではない、別の友人グループに属していた、ほどよい距離感の彼女は——。

「愛!」

「依千佳、久しぶり」

「こっちに帰ってきてたんだ」

「うん。って言っても、いくつか仕事が終わったら、また島に戻るけど」

「活動報告書、ウェブニュースで読んだよ。かっこよかった」

「ありがとう」

黒川は継続取材している松笠島の状況についてワインを飲みながら穏やかに語った。相変わらず利権争いが続いていること。工場の粉塵のせいか、それとも別の原因か、島でなかなか治らない呼吸器系の病気が流行っていること。黒川が話す内容はメールの文面と同様に、依千佳に淡い混乱を与えた。遠く離れた場所で、ひどいことが起こっているのはわかる。でもそれをなんの力もない自分が聞いて、どうすればいいのだろう。

「たしか、治安が悪くなってるんだよね?」

「うーん地域によってはそうだね」

当然のように頷かれ、依千佳は言葉に詰まった。

「行って大丈夫なの？　危ないんじゃない？」

「危ない場所には行かないようにしてる。それに、状況が不安定な時こそジャーナリストが入らないと、何が起こっているか分からなくなっちゃう。今は日本企業もたくさん社員を松笠島に送ってて、常に新しい情報が求められているから、大手メディアも島のレポートならどんどん買ってくれるんだ」

「そっか、そうだよね、仕事か」

なら、仕方ないのか。ほとんど自動的に頷こうとしたタイミングで、黒川は首を傾げた。

「仕事もそうなんだけど……うーん、なんていうか、こうして日本で暮らしていたって、景気だの資源だのエネルギーだの、たくさんの影響を受けるわけじゃない。あの島……あの島だけじゃない、いろいろな場所から」

「まあ、うん」

「自分とかかわりのある場所でなにが起こってるか、知っておいた方がいいって思うんだ」

「……でも、遠いよ。ほとんどの人は、一生足を踏み入れない」

「それでも関係してるんだもの。自分の生活がどんな仕組みで回っているのか、リアルタイムでなにが起こっているのか、知りたいよ。むしろそれを知らないで平気でいるのは、恥ずかしいことだと思う」

正義感にあふれた黒川の言葉を聞き、依千佳は短く黙った。

「……どんな仕組みで回ってるか、なにが起こっているかなんて分からなくても、それに乗らなきゃいけない場面って、いくらでもあるよ。そんな、わざわざ数百キロ離れた離島まで行かなくても、どこにでも」

「依千佳？」

「あ、新しい飲み物とってくるね」

軽く笑って、依千佳はその場を離れた。

黒川を含めた同窓会参加者のほとんどが、一次会で切り上げて帰っていった。依千佳は帰りたくない気分で、二次会のカラオケにも三次会のバーにも付き合った。三次会に参加したのは男女合わせて六人ほど、全員が勤め人だった。人数が減ったことでアットホームな雰囲気が強まり、自然と話題は仕事の悩みや、業界の打ち明け話に流れていった。

一次会からずっと陽気に酒をあおり続けていた官庁職員が、焼酎を片手にしおれた様子で呟いた。

「こないだ異動したんだけど、すげえ嫌な仕事してる」

「お、なになに。言える範囲で」

「そうそう、言える範囲で」

「んー敢えて言うなら……OBからプレッシャーを食らう仕事？」

「だーんごうだ、だんごうだっ」

「まあふんわりとそんな感じのような違うような。もうさ、そもそもさ、天下り先だって現場への影響力を確保したくてそいつらを高給で引き取るわけで、個人がどうこうじゃなくて構造的な話なわけさ」

「大体の問題は構造的なもんだろ」

私もこの間しんどいのあったよ、と銀行勤めの一人がうめいた。

「融資を断った、父親ぐらいの歳の社長が死んじゃった」

「げ」

「それはやだな」

「でもさあ、絶対無理なわけよ。そこの会社、フッツーに考えてそれに手を出したらだめでしょう、いやな予感は初めからしてたでしょうって仕事ばかり受けてたの」

「潮目の見えない経営者か」

「お疲れ。気分悪かっただろうけど、ちゃんと断って偉いよ。そんなところにずるずる貸してたらこっちまで経営破綻だ」

「どうかな……これが企業もののドラマだったら、私が悪役でしょう？」

「世間が思うロマンチックな正しさと、実際の会社の正しさは違うさ。業界内の正しさもな」

「グレーなことばかり」

「っていうか、ある程度出世しててすねに傷が一つもない、叩いても埃が全然出ないやつなんていないだろ。みんな不愉快さを飲み下して生きてるんだよ」

グレー、グレー、とお互いをねぎらい合うような苦笑いとともに乾杯しながら、依千佳は半年前に青羽教授の研究室から提出された、ブローリンの臨床試験のデータを思い出していた。

他社の商品と比較して、血圧を下げる効果はそれほど差異がないものの、心血管合併症の発症率はブローリンの方が二十パーセント近く低い。まさに待ち望んでいた素晴らしいデータだった。会社は沸き立ち、さっそく学会での発表と、その後のプロモーションへ向けた準備が始められた。依千佳にはさらに被験者を増やして有意差を広げ、インパクトのある結果を出すよう指示が下された。

大喜びで青羽教授の下で実質的に研究を取り仕切っている担当者を訪ねたところ、彼は疲れのにじんだ青い顔でこんなことを言った。

「なんだかてんやわんやで……うちの青羽は、初めは自前の研究費で賄える範囲の臨床試験を考えていたようですが、NNさんからかなり寄付して頂いたおかげで、規模が一気に大きくなったじゃないですか。僕も被験者が千人を超える臨床試験に携わるのは初めてで……とにかくてんやわんやで」

口ごもりつつ、彼は言葉を足した。

「青羽も、前はそれほど現場に口を出すタイプではなかったんですが、人が変わったみたいに張り切っています。ほぼ毎日、各医院に顔を出しては医局員に活を入れていて。あの人が専門にやってる研究はお金がかかるから、きっと本当に嬉しかったんでしょう。だから……ええ、ちゃんと結果を出させていただきます。任せてください」

学外の人間に言うべきことではないと思ったのだろう。前後の繋がりが弱いことを言って、担当者は小刻みに頷いた。ずいぶん憔悴しているな、無理をさせてしまったと申し訳なさを感じて、その場を辞した。

青羽教授が主導する第一の臨床試験は成功裏に終わった。しかし先々月に別の大学から提出された、条件を類似させた第二、第三の臨床試験のデータを分析したところ、結果はあまり芳しいものではなかった。二つの薬の間で、副作用の発生率はほんの数パーセントしか変わらない。症状によっては、ブローリンを服用した集団の方が多いくらいだった。

ほぼ変わらない試験計画を立てたはずなのに、なぜ結果に差が出たのだろう。疑問に思ってデータをつぶさに比較するうちに、依千佳は青羽教授の臨床試験に対してうっすらとした違和感を持った。

ブローリンを服用したグループと他社の薬を服用したグループとで、報告された心血管合併症の内容に偏りがある。ブローリンのグループから報告された症例は脳卒中や心筋梗塞など、重篤で客観的に診断しやすい疾病がほとんどだった。しかし他社の薬のグループから報告された症例は眩暈や狭心症を理由とする一時入院など、客観的な診断が難しく、現場の医師が意図的に症例数を増やせてしまうものがやけにたくさん報告されていた。そして重篤な症例にしぼって発生率を比較すると、両者の差がほとんどなくなってしまう。

他社の薬を服用したグループの副作用の発生率を水増しして、ブローリンを服用したグループとの差をつけている。その可能性が、否定できない。悩みつつ柴田に電話をかけると、彼は苦々しい口調で言った。

「なるほど。片桐くんは、これまでに数々の研究で優れた功績を残し、基礎研究の権威と目される青羽教授を、捏造《ねつぞう》の疑いで告発すると」

「とんでもないです！　ただ、なにか手違いが起こっていないかと、それで……」

「手違いは起こっているよ、君の手元でね。他の臨床試験の分析過程に誤りがあるんだ。ブローリンの副作用の発生率が低いことは先行研究でも明らかになっている。第一の試験については、海外の重鎮を巻き込んで国際学会での発表が決まった。医学雑誌でも特集が組まれるし、莫大な額のプロモーションがすでに動き出している。君が足を引っ張ってどうするんだ、しっかりしなさい」

普段は温厚な柴田の声に、明らかな苛立ちと失望が混ざっていた。冷や水を浴びせられた気分で謝罪しながら通話を切り、依千佳は再び第二、第三の臨床試験のデータを精査する作業に戻った。しかし、様々な条件を考慮し分析しても、到底青羽教授が主導した試験の結果には届かない。

――金を集めるのは大事なことです。でもだからって、必ずいい結果を出しますよ、この物質が体にいいなんて当たり前のことなんだから、って初めから企業に請け合うのは違うでしょう。

そう憤っていたのは、誰だったか。

――まあ、海外での発表を踏まえれば、結果は初めから見えているようなものだけどね。

余裕にあふれた青羽教授の物腰を思い出す。

NN製薬が青羽が在籍する大学に支払った寄付金は二億円にのぼる。つまり青羽は、あの老教授は、その恩義に応えたのではないか。

そもそも臨床試験の経験が乏しかった青羽教授に試験全体のデザインや実施計画に関する助言を行ったのはNN製薬が仲介した有識者だと聞いている。試験のやり方だって、たとえば一人の被験者が他社の薬とブローリンのどちらを服用しているか、被験者自身にも担当医師にも分からなくするなど、費用と手間がかかれども、より結果を厳密にする選択肢はあった。しかし実際は、あえて医師が患者の服用する薬を知っている、現在の方法が採用された。

まるで大きなショーだと依千佳は思う。柴田を始めとするNN製薬の社員たち、青羽教授やその指揮下の医局員たち、様々な形でNN製薬に協力してくれる外部の関係者、そしてもちろん依千佳自身も、演目に加わっている。第一の試験の華々しい結果は、すでに社外の関係各所に通達された。今さら撤回なんて、できるわけがない。幕は上がり、ピエロは踊り始めている。

ああ、私は馬鹿か。

自社製品がとても優れていると太鼓判を押してくれたありがたい試験結果に、わざわざケチをつけてどうする。そんなことをして、いったい誰が得をするんだ。しっかりしなさい。まったくもってその通りだ。

自分にできるのは多少の理不尽は飲み下して、ただ淡々と役割を果たすことだけだ。今ここにいるメンバーと同じく、この世でなにかを成し遂げようと力を振りしぼる人間なら、誰もが耐えていることなのだから。

三次会が終わる頃には、少し吹っ切れた気分だった。同じ路線で帰る一人と並んで、地下鉄の駅を目指す。

どちらかといえば飄々としていて要領のいい、奥村というメーカー勤務の彼は言った。

「会社にさー、使えないやつっているだろ」

「いるねえ」

「リスクのある仕事をする胆力も、業務を処理する能力もないダメなやつ。それでも同じ給料をもらってるし、多少うざがられても普通に生きてる。会社や組織ってのは基本的に、別に無理して張り切らなくたって、それなりに生かしてくれるシステムになってるんだ。よっぽど憎まれない限りな」

依千佳は奥村がなにを言いたいのかつかめずに顔を見返した。彼は考え考え、続けた。

「なら逆に、どうして俺たちはいやな思いをしてでも出世したい、組織に優秀だと認められたいって思うんだろう」

依千佳の頭に一瞬、空白ができた。

様々な、本当に様々な記憶と感情が湧き上がり、幾種類もの絵の具を垂らした水面を指でぐしゃりと混ぜたように乱れる。柴田のような優秀な人間に仲間だと認められて嬉しかったこと、会社という大きなものに守られる感じ、その大きなものに頼られる誇らしさ、美しい夢の河川敷、立派な人になりたい、謙虚に、分をわきまえて、ずっとずっと我慢してきたんだ、褒められなくちゃ、やっていけない――。

なぜそれが浮かんだのかも不明瞭な断片が通り過ぎたあと、依千佳の頭に残ったのは、分からない、という漠然とした感覚だった。うまく言葉に落とし込むことができない。ただそれがとても強い、抗いようのない衝動だということは分かる。

「……徒競走で、スタートのピストルが鳴ったら、とりあえず走るでしょう。ビリになりたくない、できれば一位になりたいって」

「あー、やっぱりそういう原始的なものなのかね」

「奥村くんはどう思うの？」

「んー、なんだろう……いや、なんかさ、踏ん張っても折れても苦しいなって思う。苦界？みたいな」

「クガイ？」

「苦しい世界って書いて、苦界。すごい発想だよな。俺らは生きてて、痛いのも死ぬのもまっぴらなのに、そもそも一生懸命しがみついてるこの世界自体が苦しみだっていうの。思いついたのは昔の坊さんだろうけど、頭いいわな」

「奥村くん、ある日ふらっと全部捨てて、四国でお遍路さんとかやってそう」

「おう、いいじゃんいいじゃん。それで次の同窓会で、あいつは逃げたとかさんざん言われるんだろ？　わかってんだからもーう」

喉を鳴らして奥村は笑い、依千佳の背中を親しみのこもった仕草で軽く叩いた。

「まあ、片桐さんも元気でな。今日ずっとなにか悩んでる感じだったから」

「ありがとう。うん、大丈夫」

「にっちもさっちもいかなくなったら、一緒に杖ついてお遍路さんやろうぜ」

「いいねえ」

改札口を通ったところで、利用するホームの異なる奥村と別れた。

つり革をつかんで電車に揺られ、なにげなく顔を上げた先、車両上部に掲示されたファッション誌の広告が目に入る。毎日が楽しくて仕方がない、と言わんばかりの軽やかな微笑みを浮かべたモデルの写真が中央に据えられ、旬の小物やおすすめスポットの写真がその周囲を彩っている。その右端に、見覚えのある名前があった。

『もう誰にも振り回されない！　あなたらしさを作るＮＩＣＯＬのアイテム』

　仁胡瑠、と名前が脳で自動的に漢字変換され、続いて先日アート全般を紹介するテレビ番組でインタビューを受けていた妹の顔が浮かんだ。根元まできれいに染まったベリーショートの白に近い金髪、少しそっけなくも見える表情、なにげない質問にじっと考え込んだ彼女が生む独特の間と、引きずり込まれるように身を乗り出す他の出演者たち。いつのまにか妹は、押しも押されもせぬカリスマデザイナーになっていた。

　多くの人に必要とされ、旺盛に仕事をしている妹の姿を見るたび、依千佳の胸には「よかった」と安心する気持ちと、「なんだろうこれは」と混乱する気持ちが同時に湧き上がった。「よかった」の方が、どちらかといえば強い。

　子供の頃は、仁胡瑠を見ていると本当にはらはらした。彼女がまったく同年代の子供たちと遊ぼうとしなかったからだ。依千佳が十歳ぐらいになると、店の仕事で忙しい母親から仁胡瑠の世話を頼まれる機会が増えた。休みの日に仁胡瑠を連れて公園に行くと、同じ保育園に通う子供と顔を合わせることもある。だけどびっくりするほど明確に、仁胡瑠はその子たちを無視していた。にこるちゃん、と呼びかけられても、めんどくさそうに首を傾けるだけで、すぐに背中を向けてしまう。代わりになにをするかといえば砂場にしゃがんでえんえんと穴を掘っていたり、何十回も同じすべり台を滑り続けていたり、ジャングルジムのてっぺんで変な姿勢でじっとしていたりと、とにかくそんな具合で、いつも一人だった。他の子とも遊びなよ、ほらあの子が手を振ってくれてるよ、と依千佳が何度うながしても、聞こえないふりをされた。

　仁胡瑠を見ていると心配になる、と母親に訴えた記憶がある。すると母親はまじまじと依千佳を見つめ、「面白いねえ」と呟いた。

「母さんは逆に、依千佳の公園での遊び方を見て心配になったことがあったよ」

「どういうこと？」

「あんた、公園に行っても、他の子が来るまでろくに遊ぼうとしないんだもの。一人遊びをほとんどしなくて、誰かが来るのをさみしそうにじっと待ってた」

「そうだっけ？」

でも、遊ぶってそういうものじゃないか。他の子供とお姫様ごっこだの探検ごっこだの示し合わせて遊ぶから楽しいんであって、一人でうろうろしているだけなら、公園なんてただの空虚な場所でしかない。ブランコも、すべり台も、一度やれば飽きてしまう。

「まあ、あんたが大丈夫だったんだから、仁胡瑠も大丈夫よ」

分かるような、分からないような言葉でそのときは丸め込まれた。

他の子と遊びなよ、といくらうながしてもその気にならないのだから、とにかく見守るしかなかった。自分なら絶対に耐えられないけれど、仁胡瑠は朝から晩まで誰とも遊ばずにぼうっと宙を眺めていても困っているようには見えなかった。彼女が困らない限りは放っておくことにして、はらはらしたまま、そばにいた。

仁胡瑠が小学生になってやっと、語彙の増えた妹から彼女の世界を説明してもらえるようになった。

「なに見てるの？」

聞けば、小さな指で示しつつ、あれがこうなっている、こんな風に見える、とつっかえつっかえ答えてくれた。体にマニキュアを塗ったみたいなつやつやした蜘蛛、父の太ももに並んだ七つのほくろ、クリーニング屋のおばさんが鉄のアイロンでシャツのしわを伸ばしていくリズミカルな後ろ姿。説明されると、たしかにそれは面白かった。仁胡瑠はなんの意味もない、だけど眺めているとふっと楽しくなるものを見つけるのがうまい子だった。そういうものにしか目が行かず、そういうものばかり集めた世界で生きていて、さらにはその世界の楽しさを他人と分け合うすべを持たなかったから、妹はずっと一人だったのだ。

しかし今や、たくさんの人が仁胡瑠を囲んで彼女の世界を分けてもらいたがっている。あんなに一人だったのに。「よかった」と思い、「なんだろうこれは」と思う。人間にまったく興味を持たなかった人が、人間に囲まれている。それは——どうなんだろう、楽しいのかな?

正直なところ、依千佳は仁胡瑠の作品や彼女がメディアで発信する言葉、どこまでも自分らしくあるべき、といった主張があまりしっくりこなかった。そんなにも人との繋がりに無関心でいられるのは、ただ知らないだけなんじゃないかと思う。公園で、本当に気の合う子に巡り合ったときの夢のように楽しい時間を。仕事において、自分とはまったく違う能力を持つ他人と適切に協調できた時の心地よさを。

ただ——仁胡瑠は、少なくとも苦界にはいない。成功し、自由気ままに自分の望む仕事だけできる、苦しみが免除された領域に行った。それは本当によかったと思う。自分はもうとっくに自分の人生で手いっぱいだ。不器用な妹をはらはらと案じる余力はない。

帰宅後、習慣的にパソコンを起動し、メールボックスを確認して二の腕に鳥肌が立った。なるべくブローリンに対して優位な結果が出るよう配慮して再度分析を行った第二、第三の臨床試験の報告書について、柴田から「不充分だ」「これでは第一の臨床試験の結果を損ねてしまう」と苦言を呈するメールが届いていた。

【このような不完全な結果ではなく、どこに出しても支障のない、完全な結果を期待します】

メールの末尾は、そんな言葉で結ばれていた。

文面は穏やかだが、頬を打つような叱責を感じた。ああ、つまり、やっぱり、そうなのだ。一度アクセルを踏んでしまった以上、なにがあっても会社はもうあとには引けない。他の試験を第一の臨床試験と同じ結果に到達させることが、自分に課せられた役割なのだ。

目が乾くほどディスプレイを見つめ、やがて依千佳はキーボードに手を乗せた。

全身がびりびりと痺れている。指が震えて、うまく打てない。

【大変失礼いたしました。先日お送りした報告書には不備がありました。追って、完全なものを送らせていただきます】

息を止めて、一息に打ち込み返信する。

そしてその勢いのまま、ノートパソコンを鞄に入れて近くのビジネスホテルへ向かった。マッサージだのWi‐Fiの設定方法だの、ラミネートされたホテルの案内をまとめて隅に押しやり、細長い机でパソコンを開いて第二、第三の臨床試験のデータを食い入るように見つめる。

現時点でブローリンと他社の薬の副作用の発生率は、他社の薬が数パーセント上回っているに過ぎない。これを第一の臨床試験と同水準の二十パーセント、できればそれ以上に上昇させなければ役割を果たせない。

どうすればいい、どうすればいいんだ。

試しに——そうだ、試しに計算してみるだけだ。

他社の薬を服用したグループの、被験者のカルテの備考欄に書かれたインフルエンザや偏頭痛など、本来ならカウントしない疾病を脳卒中や狭心症に書き換えて再計算する。心血管合併症の発症率が、数パーセント上がった。でも、ぜんぜん足りない。

かたかたと指をキーボードに弾ませながら、依千佳の頭の片隅ではずっと、先ほどの三次会の景色が流れ続けていた。

この世は苦界だ。——知っている。ある程度出世しててすねに傷が一つもない、叩いても埃が全然出ないやつなんていない。——その通りだと思う。この間だって、業界内で似たような話があった。——表面化していないだけで本当はみんなやっている、当たり前のことだ。むしろ、やらないでいたら競合相手に負けてしまう。

だから私は別に、特別なことをしているわけではない。

飲まず食わず、睡眠も取らず朝までかけて、他社の薬を服用したグループの被験者五十人ほどのカルテに疾病を書き加えた。ずっと宴が続いている。酒が酌み交わされ、相づちが打たれる。苦界で傷を舐め合う小鬼たちの宴。昼前にようやく新しいデータの整理が終わり、ホテルをチェックアウトして覚束ない足取りで帰宅した。

リビングにパジャマ姿の龍之介を見つけ、依千佳は意表をつかれて目を見開いた。

「あれ?」

少し遅れて、今日が日曜日だと思い当たる。そうか、だからいるのか。おはよう、と挨拶してバスルームに行こうとしたら、やけに深刻な顔をした夫に進路を阻まれた。

「どこに行ってたんだよ! あと十分電話が繋がらなかったら警察に連絡しようと思ってたぞ」

「ごめん、急にやらなきゃいけない仕事が入って、集中したくて外に行ってた」

「土曜の深夜に飛び込んできて、翌朝までに仕上げなきゃならない急な仕事ってなんだよ……おかしいだろ」

龍之介は大げさな身振りでため息をついた。

「前から思ってたけどさ、そろそろ俺達も生活を変えるべきじゃないか」

「またその話?」

依千佳はうんざりと眉をひそめた。それはいいからどいてほしい。とにかくシャワーを浴びて眠りたい。しかし龍之介はこれを好機とばかりに弁舌を止めない。

「俺達だってもう三十半ばだ。同期では子供が三人いるやつも珍しくない。なあ、辞めろなんて言わないから、せめて一人産んでくれよ。俺だって血の繋がった子供の顔が見たいんだ」

「……でも、龍ちゃんは今の会社じゃ育休もとれないし、保育園の送り迎えも難しいんでしょう?」

「俺だってできるなら育児に参加したいさ! でも大きなプロジェクトが動いている今、休みなんてとったら確実に窓際に追いやられる。俺の人生は今が正念場なんだ。分かってくれよ」

「私の人生だって、今が正念場だよ。龍ちゃんがそれを理解しないことに、びっくりだよ……」

同棲時代、自分たちはずいぶんうまくいっていたように思う。それぞれの仕事を尊重し、干渉せず、たまに休みが被ったときには景気よくお金を使って海外でもどこでも遊びに行く。二人ともマリンスポーツとお笑いが好きで、喧嘩なんてほとんどしなかった。結婚しても、変わらない二人でいられると思っていた。

楽しいことは分け合えても、難しいことや工夫が必要なことは分け合えない。それが自分たち夫婦のだめなところだ。話せば話すほど鈍い痛みのような諦めが胸で膨らみ、息苦しくなる。依千佳ははあ、と深いため息を漏らした。

龍之介は首の後ろを掻きながらもぞもぞと聞き取りにくい声で言った。

「あのさあ、正直、たまに怖いよ。俺、そんなに特別なこと言ってないだろ。普通のことを普通に頼んでるだけじゃないか。みんな当たり前のように子供を産んで、当たり前のように育てるのに……なんで君はそんなに意地を張ろうとするんだ?」

依千佳は思わず口元をほころばせた。普通、当たり前、特別じゃない。なんだか数時間前に似たようなことを考えたばかりだ。ということは龍之介にもきっと、酒を酌み交わしながらなにかを普通だと言い聞かせる、薄暗い小鬼の顔があるのだろう。しかし最後の呟きは、眠気が詰まった頭に妙にはっきりとしたイメージを掻き立てた。奥村に投げかけられた問いの答えが、時間をおいてやっと形になった感じだった。

「仁胡瑠……結婚式以降は会ってないかな、私の妹の」

「へ？　あ、ああ」

「売れっ子のジュエリーデザイナーで、しょっちゅうテレビに出てる。……あの子は特別なの。一人でやっていけるし、自分らしさを保ったまま立派になれる。私はすごく、普通だから、周りの意見をよく聞いて、地道に頑張らないと」

限界が訪れ、依千佳はシャワーを諦めると龍之介を押しのけて寝室に入った。もう何日換えていないのか思い出せない、しわの寄ったシーツに倒れ込む。温かい泥のような眠りに沈みながら、どこからか音楽が流れてくるのを感じた。近くの小学校でなにか行事でもやっているのだろうか。それとも、隣の部屋のラジオの音が漏れているのか。

いや、違う。この明るくて軽妙な調べは、サーカスだ。ステージの幕が上がっている。輝かしいスポットライトを浴びて、舞台の中央に立っている。光があまりに強くて、目が眩んで、客席も舞台袖もなにも見えない。

なら、どれだけ怖くても、笑顔でその場に立ち続けるしかない。


数ヶ月後、高血圧症に関する国際学会で大々的に発表された第一の臨床試験の結果は業界に衝撃を与えた。説明のために登壇した青羽教授は一躍時の人となり、全国を飛び回って講演を行い、ブローリンの有効性を世に訴えた。さらに第一試験の結果をまとめた論文が世界的に名の通った医学雑誌『イーストウィンド』に掲載されると、NN製薬は「世界が認めた有効性！」という強烈な売り文句とともにブローリンの大規模なプロモーションを展開した。国内のあらゆる医学雑誌がブローリンの広告に用いられたインディゴブルーで埋め尽くされ、その様は「ブルータイフーン」と呼ばれた。

たたみかける形で第二、第三の臨床試験の結果が発表されるとブローリンは急加速して売り上げを伸ばし、第一の臨床試験の結果発表から二年も経たないうちに年間売り上げ一千億を軽々と突破した。

長い出向を終えて本社に戻った依千佳には、社長賞として百万円が贈られた。

*

アトリエの壁に吊るされた十着ほどのスーツを眺めて、すでに二時間が経過していた。

仁胡瑠はため息をついて作業用のチェアから立ち上がった。硬直した首を軽く回し、その場で数回屈伸する。ぱき、と膝がかすかな音を立てた。作品の製作中、どうしても姿勢が右に傾ぐ悪い癖があり、三十代に入った途端に腰痛持ちになった。数時間に一度は体を動かさないと、痛みでなにもできなくなってしまう。床、両手で押さえた膝頭、床、両手で押さえた膝頭。交互に近づくそれらの光景を目に映しつつ、脳の大半で別のことを考え続ける。落ち着いた紺のスカートタイプのスーツ、スタンダードな黒のパンツスーツ、夏向けの通気性のいい生地で作られたライトグレーのスーツ。メンズもレディースもそろったそれらと調和する就活用のアクセサリーをデザインしてほしいと、国内のスーツメーカーから依頼された。

数年前まで就活は黒スーツ一辺倒だったけれど、最近は夏場に色の薄いスーツが「清潔感がある」「周りのことを考えている」と好まれたり、親世代から引き継いだ高級感のある小物を身に着けていくと「広い世代に目を向ける意識がある」と評価されたり、個人の判断やセンスが尊重される方向に、風向きが少しずつ変わってきたそうだ。そうした経緯もあって、「学生の自己表現を応援し、かつ上の世代にも好印象を与えるアイテムを作ってほしい」とスーツとセット販売されるペンダントやブレスレット、ネクタイピンをデザインするよう、自分を含めた複数の作家に声がかけられた。

依頼そのものは、面白そうだと思っていた。仁胡瑠自身はこれといって就活らしい就活はしなかったが、姉の依千佳が毎日なんの面白みもない真っ黒なスーツを着て、かかとにパンプスの血豆を作って外出していた姿は覚えている。率直に気の毒だったし、少しでも個性を出したら爪弾《つまはじ》きだと言わんばかりの社会の姿にも気味の悪さを感じていた。だからそうした閉塞感がほどけていく過程で、自分が役に立てるなら頑張ろうと思った。対象のメーカーはポーラスターにとっても得意先だし、参加するデザイナーも若手の有名どころばかりで、企画の話題性も期待できた。

気になったのは一点、打ち合わせの終わりに、メーカーの担当者がこぼした何気ない一言だ。ポーラスターからは自分と貝原、メーカー側からは直接の窓口になる仁胡瑠と同年代の男性と、その上司にあたる一回り年上の男性が参加していた。

若手の男性社員が企画について一通りの説明を終え仁胡瑠の同意を得たあと、ほっとした面持ちでコーヒーを飲みながら世間話を始めた。

「最近は若手の女性デザイナーが元気ですよね。今回の企画に参加して頂いたデザイナーさんも、半分が女性ですし」

特に売れているデザイナーの男女比で、女性が優位であるといった実感はなかったため、そうですか？　と仁胡瑠は首を傾げた。そうですよ、あの人も、あの人も、と指折り名を挙げられるうちに、確かにそうかもしれない、といくらか思い直した。

「なにか女性のデザイナーが活躍しやすい背景があるんですかね」

売れる商品になんらかの傾向が出ているとか、消費者の動向が変わったとか、そんな意見を期待して口にする。すると、上司の方の男性社員があぁ、と合点がいった様子で穏やかに言った。

「フリーのデザイナーさんは不安定なお仕事ですからね。稼ぐ必要のない主婦の方が趣味で始めて、たまたまうまく軌道に乗った、みたいなケースが多いですから。同じ年代でも、働き盛りの男性が選ぶ仕事としては、なかなか勇気がいりますよ」

言われた内容がすぐには噛み砕けなかった。

趣味？　自分はアクセサリー製作を趣味だなんて思ったことは一度もないし、結婚したこともないけれど。女性のデザイナーに対しては稼がなくていいから気楽だといったまなざしを向け、男性のデザイナーに対しては人生をかけている、勇敢だ、と奇妙な美化を行うのは失礼じゃないか？　誰だって、たった一度の人生で職業を選ぶという行為には勇気をふりしぼっているだろうに。

というか、それほど見下しているのに、どうして私に仕事を依頼するんだ。

混乱しすぎて言葉が出ない。横で聞いていた貝原が、にこやかに後を引き取った。

「才気あふれた女性のデザイナーさんが多く発掘され、活躍されていることは業界にとってなにより幸運なことです。ＮＩＣＯＬさんはもちろん、今名前を挙げて頂いた方々も、時代の先端を切り開く素晴らしい作り手の方ばかり。彼女たちと一緒にお仕事ができる喜びを、私は日々噛みしめています。もちろん、今回のお仕事のお話も、とても嬉しかったです。今後とも、なにとぞよろしくお願いいたします」

深々と頭を下げる貝原につられて先方も「いやいやこちらこそ」「引き続きお世話になります」と散会のムードを漂わせ、打ち合わせは和やかに終わった。

そして三ヶ月後の現在、仁胡瑠は壁に並んだサンプルのスーツを眺めて行き詰っていた。

なにを作ればいいのかわからない。就活用のスーツにもっと柔軟性を、個性が尊重される風潮を、という企画の趣旨はいいと思う。だけどそんな先見性のある企画を持ちかけてくる人たちが、あんなに失礼なジェンダー観を持っているなんて。

本当なら今年の勝負作になるようなエネルギーをつぎ込んだ作品を作りたいし、多くの就活生を鼓舞したい。だけど自分がどんなよいものを作り、それが売れたとしても、あの人たちは「たまたまうまく軌道に乗った」としか思わないのだ。ＮＩＣＯＬ個人の努力や研鑽を、認識する気が初めからない。それって、あまりに馬鹿馬鹿しくないか。どうして自分を侮辱した人間を儲けさせなければならないんだ。

でも適当なものを作ればファンを裏切ることになる。自分と取引先の軋轢《あつれき》なんて、ファンにはなんの関わりもないことだ。いつだって心を曇らせず、全力で作り抜いた作品をファンには届けていきたい。

なら、仕事を断るべきか。あのスーツメーカーはポーラスターの出資元の出版社と縁が深い。今回の案件も、ぎっしりと詰まっていたＮＩＣＯＬのスケジュールを、貝原の綿密な調整で辛うじて一週間こじ開けることで実現した。断れば、周囲に大きな迷惑をかけることになる。

企画への共感、相手先への反発、自分の心情、ファンへの忠義、ポーラスターに貢献したい気持ち、すべての矢印と整合し、無理なく力を発揮できる作品の方向性を模索するが、次第に考えるのが辛くなってくる。排気ガスを吸いすぎたときのように頭が痛い。本当はデザインのことだけで悩みたいのに、実際に心身に負荷をかけるのは、こうした仕事の本筋とは関係のない悩み事ばかりだ。

ごんごんと力強いノックの音が響き渡った。アトリエの扉を押し開け、手に百貨店の紙袋をいくつも提げた貝原が顔を出す。

「入りますよ！　片桐さん、進捗どうですか」

「え、いや……ちょっと」

「ふふふ、お疲れのようですね。お茶にしましょう」

貝原は色合いの美しい紙袋から仁胡瑠が好きな胡桃とドライフルーツが入った焼き菓子を取り出し、アトリエに用意してある茶器で香りのいいジャスミン茶を淹れた。

アトリエ、といっても、すでに仁胡瑠が作品製作をしているのは、実家の自室でもなければ、貝原が用意したホテルの一室でもない。三年ほど前にポーラスターは貝原の勤め先の出版社から子会社として独立し、半ば仁胡瑠の専属ブランドとなった。理由は仁胡瑠の作品、そして彼女自身の人気が高すぎて、出版社の一部署では対応しきれなくなったからだ。今はアトリエが併設された小さなオフィスをポーラスター名義でレンタルしている。

疲れと怒りで干からびた心が潤うのを感じながら、仁胡瑠は用意された菓子をほおばり、貝原に混乱した胸中を打ち明けた。作業机のそばに椅子を置き、貝原は真剣な面持ちで幾度か頷く。数秒、思考をまとめるような間を空けて、はっきりとした口調で言った。

「そこは、仕事で打ちのめしてやりましょう」

「どういうこと？」

「たった数人の頭の固い人たちの反応を気にして、片桐さんが大口の依頼を放棄するなんてナンセンスですよ。そういうベクトルの反抗ではなく、文句のつけようがない、舐めようがない強い作品を出して、その人たちを黙らせよう」

「……私がどんな仕事をしても、あの人たちが変わってくれるとは思えないけど」

「いいんですよ、それで。現に片桐さんは彼らに悪い感情を持った。失礼な態度をとり続ければ、こうしてクリエイターの方々に付き合いを切られていく。ここでわざわざ片桐さんが波風を立てなくても、いずれ価値観の古い人間は淘汰されていきます。今はただ、目の前の仕事をもっともいい形で仕上げることに集中して。片桐さんを企画に招いた、それだけでもう彼らは充分に役割を果たした。そう思っておけばいい」

「う、うん」

強く明快な貝原の言葉に、少し呼吸が楽になる。なんだかんだ言って自分は作品製作以外のことには疎い。商売のやり方や、業界の風読みは貝原の方が適している。その彼女が、やるべきだと言うなら、そうなのだろう。だけど。

「貝原さんは分かってると思うけど……私は作品製作において、加減ができない。どんな仕事も、嘘が一つも混ざらないようにして、ぜんぶの気力を振りしぼってやっとできるんだ。依頼主が不誠実だと感じている状態で、心を込めた作品を作るのは本当に辛い。思い切り投げるのも、受けるのも、両方自分でやらなくちゃいけないみたいな、体を二つに裂いて、その上で完璧な仕事をしなきゃいけないみたいな、追い詰められた気分になる」

「うーん。片桐さんには、ずっとあなたの作品を追いかけてきたファンがたくさんついてる。誠実さを向ける先は、その場その場の依頼主じゃなくて、ファンであるべきだと思う。そして、もちろん、私もその一人だよ。迷ったらいつでも声をかけて。朝でも夜でも、すっ飛んでくるから。どうか一人で抱え込まず、頼ってね」

「うん……ありがとう」

貝原がいる。一人ではなく二人なら、無理なことでもやり切れる。そう石を飲み下すように思う。二人でたくさんの無理を乗り越えて、いつか——ああこれを作るために生きてきたんだ、と納得できるような、素晴らしいアクセサリーを作りたい。

エンジンをかけるのにかなり時間がかかったが、朝に夕にとアトリエに顔を出し、差し入れと力強い言葉をくれる貝原に励まされ、三日後、仁胡瑠はなんとか依頼されたデザイン案を仕上げることができた。遠目ではただの三角錐だが、よく見れば獣の牙を思わせる野蛮で生物的な形状にカットしたクリスタルガラスをワンポイントに使ったアクセサリーのシリーズは、「勇気が出る」「お守りっぽい」とモニターの学生たちの評判も良く、発売後は長期的な人気商品となった。

　そして年の瀬が迫るある日、仁胡瑠は見たことがないほど頬の色を明るくした貝原から一枚の封筒を渡された。厚手のクリーム色の封筒の表には、落ち着いた金色の文字で『第三十三回ジュエル・オブ・ザ・イヤー』と綴られていた。


『二十代レディースブランド部門　ポーラスター』と金属のプレートに流麗な文字が彫り込まれたトロフィーには、ラウンドブリリアントカットが施されたてのひら大のクリスタルがはめ込まれていた。

　手に持つと、ずしりと重い。主催者から受け取った貝原の肘がぐっと落ち、斜め後ろに控えていた仁胡瑠が思わず手を伸ばしてトロフィーの底を支えたぐらいだった。

「一緒に、ね?」

　苦笑交じりに囁いた貝原は、仁胡瑠をうながしてステージの前でカメラを構える報道陣の方向へ向き直った。二人のちょうど真ん中の位置にトロフィーを構える。フラッシュの嵐にぎこちない笑顔を返しながら、仁胡瑠はちらりと傍らの貝原の横顔を覗いた。デコルテを大胆に開けた優美な黒のロングドレスを身にまとい淡い微笑みを浮かべる貝原は、まるで傷が一つもない大粒の真珠のように、柔らかく光って美しかった。

　若者の生硬な自己表現のプラットホームとなる珍しいサイト。特に存在感があるオリジナルアクセサリーがすばらしい。目立ちすぎないように、笑われないようにといった窮屈な固定観念から人々を自由にする。そんな審査員たちの好意的な講評に続いて代表者としてマイクを握った貝原は、仁胡瑠や他のポーラスターのスタッフの一人一人にまなざしを向けながら「これまでの出会いに感謝しています」と心のこもった感動的なスピーチを行った。

授賞式が終わり、パーティが終わり、二人は疲れ切った体をタクシーの後部座席にすべり込ませた。言葉少なに、車窓を流れる静かな夜の街並みを眺める。

「次は、どうしようか」

賞に狙いを絞り、試行錯誤をするのは楽しかった。次はどんな挑戦をしよう。そんな気持ちで、仁胡瑠は隣に座る貝原に問いかけた。いつも覇気にあふれ、次にやるべきことを明快に口にする彼女には珍しく、ぼんやりした様子で膝に乗せたトロフィーの箱を抱いた貝原は、うん、と生返事をした。

「片桐さん、ありがとう。私をここまで連れてきてくれて」

「お礼なんて言わないでよ。二人でやってきたのに」

「今日のことはずっと忘れない」

改まった雰囲気にくすぐったさを感じつつ、腕を伸ばして握手をした。貝原の手は、その日もとても温かかった。

ただ、疲れていたのだろう。握り返す力が弱かった、とタクシーを降りてから仁胡瑠は気づいた。

新しい年がやってきた。梅の香る寒い朝も、生温かい雨が桜を散らす日暮れも、仕事、仕事、仕事ばかりしていた。ようやく日射しが夏らしくなった八月、ポーラスターのオープンから七年が経った記念日を、仁胡瑠は貝原と会社のオフィスで迎えた。

六年間、本当に色々なことがあった。素晴らしい体験もあったし、突き落とされるような屈辱も味わった。作品がイベントやドラマ、アーティストの舞台衣装などで使用され、自分の手元にあったときとはまったく違う輝きを放つ瞬間は何度味わっても高揚した。作品を通じて今まで想像もしなかった領域で他人と繋がっている、そんな幸福を感じた。反対にずっと尊敬していたジュエリー業界の重鎮から「あんなの本物のクリエイターじゃない、ただのタレントのお遊びだ」と唐突に殴りつけるような批判を浴びたこともあった。誤解を受けることは、当初は死にたくなるほど苦しかったが、次第にこの世はこういうものなんだ、と慣れていった。そしてとうとう目標にしていた賞と、一定の社会的な評価を手に入れた。

七年目の記念日は、高級チョコレートブランドのガトーショコラでお祝いした。昼過ぎには業務を切り上げてスタッフを帰し、シャンパンを開けた。明るいうちからオフィスのテレビをつけ、歓談しながら酒を飲むのはくすぐったさの混じる幸福な時間だった。窓の外は雲一つない青空。生きること、働くことの喜びをしみじみと実感する、美しい日だった。

二杯目のシャンパンを空けた貝原がどこか照れくさげに、下唇を舐めて口を開いた。

「あのね、片桐さん、実は話したいことがあって……」

彼女の声に被さって、三時のニュースを伝えるキャスターが「松笠島」「日本人」「新種のウイルス」という単語の含まれた原稿を読み上げた。とっさに会話を止め、二人はテレビ画面に目を向けた。

松笠島で深刻な肺炎が流行していることは、去年から時折ニュースになっていた。工場から漏洩した粉塵のせいだとか化学物質の影響だとか、始めは様々な憶測がされていたが、どうやら新種のウイルスが原因らしい。松笠島に持ち込まれた家畜と、その海域を飛ぶ渡り鳥などの野生動物がこれまでにない形で接触し、ウイルスを進化させたという。松笠ウイルスと呼ばれるそのウイルスに罹った患者の治療のため、関係各国から医師団が派遣され、島外からの訪問者は可能な限り島を退去するよう求められた。

しかし先々週、松笠島から日本に戻ってきた一団がウイルスを国内に持ち込み、周囲に感染させてしまったらしい。ウイルスは非常に感染力が強く、すでに感染したと判明している人は数百人に及び、重篤な肺炎を発症して入院した人もいるのだとか。

島から帰国した数十人の男女がトランクを引いて空港のロビーを歩く様子がテレビに映し出される。ジャーナリストの神山晴斗さん、カメラマンの黒川愛さん、とテロップ付きで紹介される人もいる。

「新種のウイルスだって、怖いね。っていうかこの人たち、こんなにはっきり顔と名前を出して報道されて大丈夫かな」

貝原が眉をひそめて呟いた。うーんどうだろ、と仁胡瑠は肩をすくめる。松笠島のことは正直あまり分からないし、興味が持てない。ちょっと珍しい病気が入ってきたからといって、都内にはものすごい数の人間がいるのだ。自分が感染者とすれ違う率は低いだろう。それ以上貝原も特に意見は述べず、だらだらとテレビを観ながら互いにガトーショコラを口に運んだ。仁胡瑠は二人のグラスに蜂蜜色のシャンパンを注ぎ足した。貝原が言いかけた内容を聞こうと、顔を上げる。

鋭く強ばったキャスターの声が、ふいに鼓膜へ飛び込んできた。

「速報です。大手製薬会社NN製薬の降圧剤『ブローリン』の臨床試験論文に重大な問題があるとして、掲載した海外の学会誌から撤回されることとなりました」

NN製薬、という聞き覚えのある社名に、仁胡瑠は再びテレビに顔を向けた。真剣な表情を崩さず、キャスターは続ける。

「東京地検特捜部は、副作用の発生率が『ブローリン』に有利な結果となるようデータを改竄《かいざん》し、論文を広告に利用したとして、NN製薬の元社員で、当時は神楽医科大学の非常勤講師などを兼任していたカタギリイチカ容疑者を、薬機法違反の疑いで逮捕しました」

カタギリイチカ？

上手く漢字が頭で変換されない。さきほどのウイルスを持ち込んだとされるジャーナリストの名前くらい遠い、関係のない人の名前のように感じる。しかしすぐに画面が切り替わり、ジャケットをすっぽりと頭に被ってホテルらしき建物から出てくる人物の映像の下部に「逮捕　薬機法違反　片桐依千佳容疑者（38）」のテロップが表示された。

がたん、と椅子を鳴らし、口元を押さえた貝原が立ち上がる。仁胡瑠は反対に、睫《まつげ》毛まで凍り付いたように動けなかった。

目の前のなにもかもが夢だと思った。

なら、夢の始まりはどこだろう。

# 4

ワイヤーの入ったブラジャーはだめだね、と言われた。

「え？」

発言の意味がとっさに汲み取れず、依千佳はそばに立っている同い年ぐらいの担当官を振り向いた。小柄でメイクが濃く、上唇から二本の前歯を覗かせたリスを連想させる彼女は、脱衣カゴに入った依千佳の服を取り出し、表も裏も、ポケットの中身まで確認しながら続けた。

「あとねえ、ボタンもだめ。紐のついた服もだめ。だから、んー、このインナーシャツだけだねえ、返せるの」

身体検査で用いたガウンを脱ぎ、パンツ一枚になっていた依千佳は呆然として両手でインナーシャツを受け取った。アウターに響かない薄さが自慢のその商品は、持っている感触がほとんどないくらいぺらぺらだ。袖を通す。当たり前のように乳首が浮いて、心細い。

「……この格好でずっと過ごすんですか？」

「あ、違う違う！　だいじょうぶよ、とりあえず貸せる服はあるから。スウェットの上下がいいかな、Mサイズで」

リスと一緒に付き添ってきた二人の担当官のうちの片方がなにやら書類に記入し、キャビネットから茶色いスウェットを出してくれた。生地はすり切れて、くたびれている。きっと大勢の人がこれを着たのだ。なんらかの容疑をかけられた人ばかり。

古びたスウェットを着て、依千佳は支給されたビニール製の青いサンダルに足をすべり込ませた。サンダルには23と小さく数字がプリントされている。これから使うらしい薄い布団と毛布を二枚受け取り、抱えて歩く。

重たげな音を立て、厳重に施錠されていた鉄扉が開いた。長い廊下の片側には、鉄格子と金網で遮られた部屋が並んでいる。二、三人ずつ、室内に座っている姿が視界に入るものの、そちらを見るのがなんとなく怖くて顔を向けられない。

階段を上ると、今度は一人用らしい三畳間にトイレがついた個室が並んでいて、依千佳はそのうちの一つに入れられた。うながされるままサンダルを脱ぎ、廊下に向けて正座する。

ノブどころか指を引っかけるくぼみすらない金属製の扉が閉ざされ、金網と鉄格子の向こう側に立ったリスが神妙な顔でこちらを覗き込んだ。

「二十三番。それでは、ここでの暮らしについて説明します」

一瞬遅れて、依千佳はサンダルにも印刷されていたそれが自分を示す番号なのだと気づいた。

スマホや手帳や衣服と一緒に、片桐依千佳という名前まで没収されたのだ。周囲に他の容疑者がいる関係でプライバシーへの配慮がされているのかもしれないが、これからは普通の人間扱いをされない、その証のようにも聞こえて、依千佳はすっと体が冷たくなるのを感じた。

起床や就寝、食事や今後の取り調べに関する説明を受ける。担当官らがいなくなると、依千佳は壁に背をつけて体育座りをし、風通しが良すぎて落ち着かない胸元を腕で覆った。時々両隣の独房から衣擦れや咳払いの音が聞こえる以外はとても静かだ。時計がないので、時間の経過がまったく分からない。もう部屋に入って五分ぐらいは経っただろうか。それともほんの数十秒？

部屋には格子のはまった小窓が一つあり、白っぽい光がにじんでいる。外ではいつも通り多くの人が働き、学校に行き、買い物をして、子供を育てている。

私はどうしてこんな、世間から切り離された場所に来てしまったのだろう。

湿疹を掻きむしってしまうせいで、真っ赤になった両手の甲を眺める。かゆい、とはなんとなく思っていたけれど、改めて見ればなかなかひどい。荒れた角質がささくれ立ち、血が出ていた。

掻きたい。気づいてしまえば、弱火で炙《あぶ》られるような衝動が込み上げた。それをこらえて、むずがゆい皮膚をそっと舐める。血の味がして、生臭かった。

臨床試験の後半は、ほとんど記憶がないくらい忙しかった。担当の医師らを説得し、各種の審査を通過するための資料を用意し、ブローリンに有利な結果を出し続けた。それでも販促チームの会議に出席するたび「もっとプロモーションに使いやすい結果が欲しい」「次の国際学会に間に合わないと意味がない」「ここでインパクトのあるグラフを提出したい」といった要望は際限なく出された。一つ飲んでしまえば次を拒む理由が見つからず、依千佳は朝も夜もなく働き続けた。いやな仕事、気の重い仕事を乗り越えるたび、自分が職業人として強靭になった気がした。

一連の研究の手伝いが終わったときには本当にほっとした。これでやっと過大な要求に応えなくて済む。無理をしていた自覚があった。出向している間は心配事も多く、睡眠がずっと浅かった。激務のストレスを食べることでしか晴らせなかったため、体重も七キロ増えた。

営業部に異動して、早々に社長賞が授与された。その日は龍之介と喜びを分かち合おうと少し高いワインを買った。長らく家族としての時間が取れなかったけれど、その甲斐はあったのだ。仕事が落ち着いたし、やっと子供のことも考えられる、と伝えるつもりだった。

チーズにオリーブ、ローストチキンとシーザーサラダなど、山のような総菜を抱えて帰宅すると、龍之介はシャワーを浴びていた。

リビングに置いたままになっていた彼のスマホのディスプレイには「さっきまで一緒だったのにもうさみしいよう」と妙にべたついたメッセージがポップアップされていた。

ものすごく単純なやるべきことが目の前にある、と依千佳は感じた。厄介事を押しつけられたり、避けがたい山場に直面したりしたときと同じ、イイとかイヤダとかそんな感情をすべて押しやって対応しなければならない類いの物事。すうっと周囲の音が遠ざかり、困難を乗り越えるために必要な手順が次々と頭に浮かぶ。

液晶画面にはパターンロックを解除した際の指のあとが残っていた。三回ほど考えられるパターンをなぞるとロックはあっけなく外れた。

SNSでのやりとりのデータと、画像フォルダに入っていたセックス中の写真を手早く自分のスマホに転送する。笑いながら全裸で身をよじる女の顔まで写っていた。なんだか子供みたいな、インパクトの淡いつるんとした顔だ。

転送の痕跡を消去し、液晶画面をぬぐってスマホを元の位置へ戻す。風呂場の扉が開く音がした。バスタオルで髪をぬぐい、龍之介がリビングにやってくる。

「あ、帰ってたんだ」

「うん。でもごめん、また出なくちゃ」

「そっか」

「夕飯、買ったんだ。よければ食べて」

テーブルに乗せた食品の袋に見向きもせず、龍之介はパンツより先にスマホを手に取った。他人が触れたことなど気づく様子もなく、熱心に画面を操作している。学生の頃よりも腰回りと腿《もも》に肉がつき、ふくらみの位置が少し下がった夫の尻を数秒眺め、依千佳はワインの袋をつかんで家を出た。

使い慣れたビジネスホテルの部屋に入り、興信所に電話をかけて夫の身辺調査を依頼する。続いて、幾度か仕事上で接点のあった弁護士に連絡を取った。離婚のステップや、慰謝料請求に関する項目を確認し、興信所の調査結果が出る日を考慮しつつ面会日の予約を入れる。

弁護士との通話を終え、熱のこもったスマホをテーブルの上に置く。

次の瞬間、猛烈な吐き気が込み上げ、依千佳はトイレに走った。赤黒い屈辱と嫌悪で頭が破裂しそうだった。

あのお尻、昔よりも柔らかくなった龍之介のお尻が好きだった。昨日までは視界に入るたび、意識せずとも和んでいた。だけどもう、ちらりとでも彼のことを考えるだけで生々しく結合した性器の写真や、身をくねらせた女の乳輪の色がちらつき、脳を錆びた釘で掻き回されているみたいに気持ちが悪い。便器を抱え、げえげえと喉を鳴らして胃液を吐いた。それでも高いワインは、ホテルに滞在する間に少しずつ飲んだ。宝石を煮溶かしたような重く芳しいその液体だけが、この世で唯一、自分を甘やかしてくれる味方のような気がした。


調査の結果、女は龍之介の会社の二十三歳の新入社員だと分かった。二人は毎週火曜日と木曜日の午後に、さも「これから打ち合わせです」という顔で別々に同じビジネスホテルに入り、三時間後にまた別々に出てくることを繰り返していた。

そろった証拠を手に離婚を切り出し、龍之介と不倫相手に慰謝料を請求したところ、龍之介は依千佳をなじった。不倫したのは悪かったけれど、もともと二人の関係を悪くしたのは依千佳である。また、社会に出て間もない若い女性が高額な慰謝料を支払うことは不可能であり、彼女の人生を狂わせることになるので止めるべきだ、と。

真っ直ぐな目で主張する龍之介は、心からそう思っているように見えた。さらに彼が「依千佳が仕事を理由に子供を作るのを嫌がっていた」と訴えると、依千佳が依頼した弁護士は急に態度を弱め、落としどころとして請求する慰謝料の減額を提案してきた。セックスレスが離婚事由になるケースがある、という理由だったが、表情には依千佳を批難するような苦々しいものがにじんでいた。

まるでドミノを倒すように場の善悪が反転し、空気が変わる。

でも、そういうものだと、前から知っていた気がする。依千佳は深く息を吸った。

「子作りを拒否したのではなく、お互いに育児を行える状況ではないから、と保留にしていただけです」

「でも、旦那さんは拒まれて傷ついたんでしょう。そういうのは配偶者としての尊厳に関わりますから」

「子作りに勝手に尊厳を賭けて、そのくせ毎朝三十分の保育園の送りは仕事に支障が出るからイヤ、なんて困っちゃいますね。時間がないと言う割に、不倫相手とは毎週六時間ほどセックスしていたみたいですが」

その弁護士は途中で替えた。余分なお金がかかったけれど、同じく泥沼の離婚を経験した知人に紹介された峰木《みねぎ》という別の弁護士は、龍之介の主張にまるで動じず、これ以上揉めれば不利になるのはあなただ、と逆に彼を説得する形で三ヶ月も経たずに離婚を成立させた。

龍之介は不倫相手と再婚するらしい。彼女に支払い能力がないのは本当だったようで、二人分の慰謝料は財産分与から差し引いた。減額を認めず押し切ったため、お前はひどい女だと別れ際に龍之介は悪態をついた。きっと彼と不倫相手の間で、自分は悪魔のような存在として語られているのだろう。

善悪じゃないんだ、と依千佳は売却の算段を始めたマンションのキッチンで一人、ワインを飲みながら思った。正しそうな言い分なんて、自分も龍之介も当たり前に持っている。それだけじゃ戦えない。正しいものが勝つのではなく、勝ったものが正しくなるのだ。

離婚成立を祝うワインは、前よりもさらに高いものを選んだ。ローストビーフとチーズをつまんで黙々と味わう。止めどころが分からず、朝方まで飲み続けた。

しばらくして、柴田から久しぶりに「ちょっと飲もう」と連絡があった。

以前使ったのと同じ神楽医科大学近くの小料理屋を指定され、約束の時間に店へと向かう。

柴田は二階の個室で先にビールを飲んでいた。

「お待たせしてすみません」

「いや今来たとこ。ほら、奥をどうぞ」

「いえ、そんな」

「遠慮しないの、社長賞が」

促され、依千佳は奥の席に着いた。温かいおしぼりを持ってきた女将に挨拶し、柴田に合わせてビールを頼む。柴田はこの時期のおすすめだという湯豆腐の他、天ぷらや刺身を注文した。

運ばれてきた料理に箸をつけつつ、柴田はのんびりとした調子で切り出した。

「どう、最近は。元気にしてる?」

「離婚しました」

「そうかあ、一人前だな」

「一人前?」

「出世するやつは、だいたい家庭はうまくいかないよ。愛想を尽かされて離婚するか、仕事と家庭で真っ二つに分業して言葉も通じないくらいかけ離れた世界を生きるか、どっちか。そういうもんだ」

泡の立ったビールを心地よくあおり、依千佳はすっと呼吸が深くなるのを感じた。龍之介の言葉はあんなにも理解のできない異物として鼓膜でバウンドするのに、柴田の言葉は風呂上がりの清涼飲料水のように心地よく心の深部へ染み通っていく。それにしても出世するやつという言葉は、そのカテゴリーに入れてもらえることは、なんて甘美なのだろう。大きくて煌《きら》びやかなものに包まれているような安心と喜びがある。

「……じゃあ、仕方なかったんですね、きっと」

「そうだよ。おめでとう、これでもっと仕事できるな。楽しいぞお」

「はは、しばらくは落ち着きたいです」

彼が本当にリラックスしているわけではないのは、どこかタイミングを見計らうような目の動かし方ですぐに分かった。二杯目のビールを干したところで、柴田は心持ち声を低めて切り出した。

「今月の『イーストウィンド』に、一連のブローリンの論文に対する疑義が呈されている。これから少し騒がしくなるかも知れない」

依千佳の心臓が一度、ことりと弾んだ。柴田は数秒口をつぐみ、依千佳の目を覗き込んだ。

「もう一度確認しておくよ。君はあくまで、神楽医科大学の講師として研究に携わったんだ」

「はい」

「とにかくそのラインは崩さないようにな。あと場合によっては今後なんらかの捜査が入る展開もありうる。誤解を招くようなものがあったら、早めに片づけておいた方がいい」

「気をつけます」

「いいかい、君はデータを解析しただけ。送ってきたのは先生方だ。それが適切なものか否か、僕たちには判別する力もないし、義務もない」

「よく、分かっています」

幾度か頷き、新しいビールを注文した柴田は「正念場だ」と囁いて依千佳のグラスにそれを注いだ。


臨床試験に携わった医師たちに、試験結果に対して「誤解を招きそうな」やりとりを削除するよう依頼し、自分の名前が出ない方がいいと感じたケースにはデータ解析は大学内で行ったと主張できるよう統計ソフトの入ったパソコンを送付するなど、依千佳は様々な手を打った。そもそも一企業が大学に寄付金を贈ることはまったく法律上の問題がないし、解析に携わった当時の自分は会社から離れていた。そして自分が行ったデータの水増しなんて青羽教授が気を回してくれたのと同じ、手心の範囲内だ。青羽教授以外にも、意識的にブローリンに有利なデータを計上してくれる医師は複数いた。もし彼らが第二、第三の臨床試験のメイン担当者だったら、依千佳が手を入れるまでもなく同様の結果を出しただろう。

ショーは続いている。ブローリンの収益はすでに次の新薬開発の予算に充てられている。公演は連結され、未来へと続いていく。

国際的な医学雑誌である『イーストウィンド』に提出された論文への疑義は、論文を監督した責任者が「あくまでデータ集計時の過誤であり、作為はない。正しい数値を反映した論文を再提出する」と声明を出し、騒動は下火になるかと思われた。

しかし一部の研究者が一連の臨床試験への疑義を呈し続け、振り払ってもなお不快にまとわりつく藪蚊のように、どこかしらの記者が取材を継続している気配が止まなかった。

メディアへの対策を話し合う間、電話口の向こうの柴田が珍しく声に感情をにじませた。

「僕はこの世で一番嫌いなのは観察者だ。他人の仕事を品評して、賢《さか》しいフリをする奴ら。ハイエナみたいなメディア連中、他人の粗捜ししかしない研究者、訳知り顔のコメンテーターや、勝手なレッテルを張りつける文化人。どいつもこいつも正義ヅラで対象を断罪しようとする。でもそんな厚顔がまかり通るのは、そいつらが他人の仕事を論じるばかりで、本当はなに一つ成し遂げたことがないからだ。見てるばかりで、なにもしない。なにも生み出さない、なに一つ現実の問題を解決しない。力にはいつだって功罪があるんだ。それを体感したことがないから、自分は罪とは無縁ですなんて顔ができる」

どうやら社長みずから取材の対応をせざるを得ない状況にあるらしい。そこでよほど不躾な質問が繰り返されたのだろう。自分の後始末が不足だったたから、社長にまで迷惑をかけてしまった。体がねじ切られるような居たたまれなさと申し訳なさを噛みしめつつ、依千佳は通話を切った。

そしてある日、大手紙の一面に「大規模研究不正　製薬会社社員がデータ捏造に関与か」と報じられた。

実名は報道されずともメディア内ではすでに個人の特定がされていたのだろう。朝、立て続けに鳴るインターフォンの音と乱暴なノックに目を覚ますと、マンションの部屋の外は報道関係者が鈴生《すずな》りになっていた。マンションの管理人によりまもなく彼らは退去させられたものの、建物の周囲には常に十数人の不審人物が徘徊することとなった。会社の同僚や柴田と連絡を取りながら一週間ほど籠城し、ひとけが少なくなった深夜、タクシーに飛び乗ってマンションから脱出した。

ホテル暮らしをしながら呆然と報道を眺める日が続いた。大学の一つがブローリンの臨床試験に関する論文を撤回し、学会が動いたことでますます追及は過熱した。事態は「ブローリン事件」と名付けられ、大手メディアは軒並み特集を組んだ。報道の論調はいつも同じだ。「患者を軽視している」「日本の医学研究への信頼を失墜させた」「金儲け主義の製薬会社」機関銃のような糾弾を目にしてなお、依千佳はピンと来なかった。

この批難は、本当に自分たちへ向けられたものなのか？

これらの記者たちは、本当に記事の一つ一つを「読者を重視し、マスメディアへの信頼を向上させ、金儲けを優先しないように」配慮しながら書いているのだろうか。働く人間とはもっと淡々と、給料と引き換えに目の前の業務をこなしていくものではないのか。そんなことを考えてしまうくらい、焦点がずれているように感じる。

誰かに意見を求めたくても、やりとりが外部に漏れたら余計に報道が過熱する可能性があるという理由で、ホテル暮らしを始めた頃から会社の関係者との接触は極力控えるよう言い渡されていた。メールは流出が、通話は盗聴が危惧された。

そんななか、見覚えのあるフリーアドレスから一通のメールが届いた。

差出人　YOKO　MAEZONO
宛先　片桐依千佳

【前園洋子です】


会社のアドレスから連絡を行わないよう通達が出ています。

ただ、どうしても聞きたいことがあって。

依千佳、あなたに一体なにがあったの？

柴田さんたちのチームに入った頃からなんとなく雰囲気が変わっていくのは気づいてた。

私が二人目の育休明けに開発から庶務に異動させられた時、「まあ二人目じゃねえ」って言ってたでしょ。

ああ、ちょっと変わったなって、本当に仕事に夢中なんだなって思ったよ。


でも私が知ってる依千佳はそんな、部外者を装って臨床試験のデータを捏造するなんて馬鹿なことをする人じゃなかった。

だって、そんなのバレるに決まってるじゃない！！！！！

どうしてそれでいいと思ったの？

本当に、本当に分からないよ。

報道で知ってると思うけど、いくつかの系列病院がブローリンの採用を中止すると発表しました。

ねえ、ブローリンは本当にいい薬だったんだよ？

「副作用の発生率が他社の薬に比べて四十パーセント少ない」だなんて冗談みたいな尾ひれをくっつけなくても、ブローリンが一番体質に合っている、もう何年もブローリンで生活の質を保ってるって患者さんはたくさんいたの。

それなのに今やブローリンは、効果がはっきりしない怪しい薬として扱われるようになってしまった。

ブローリンだけじゃない、ＮＮ製薬のブランド全体にあなたは泥を塗った。

でも、どうして。

理解できない気持ちでいっぱいです。

返事は期待していません。あなたとのメッセージのやりとりは禁止されているし。

ただ、一人の友人を失ったことを悲しく思います。

気がつくとスマホの画面が小刻みに揺れていた。古い友人が去ってしまったことよりも「ＮＮ製薬のブランド全体にあなたは泥を塗った」という一文から目が離せなくなった。ふいに大きく、ぶるりと体が震える。

巨大な不安に潰されながらも、依千佳の胸にはそれを切り裂くように響く、悲鳴じみた声があった。――でも、洋子よりもよっぽど、私の方が会社のことを考えて頑張ってきた。ときに手を汚し、つきたくもない嘘をつき、プライベートまで投げ出した。会社はそれを分かってくれている。だからこその社長賞だ。この騒動が過ぎ、世の中が冷静さを取り戻せば、いずれ洋子も理解するに違いない。

ホテル暮らしを始めて一ヶ月ほど経ち、とうとう行政機関が事件の調査に乗り出した旨が報道された。ストレス性の発疹に苛まれながら、依千佳は事態の収束を待ち続けた。仕事に使っていたパソコンは廃棄したし、試験結果を貶《おとし》めるような不用意な発言が出ないよう関係者とは調整ができている。

だから、捜査されたところでなにも出てこないし、物証もない。そういくら言い聞かせても体が凍えてたまらない。室温を上げ、布団を被り、それでもぜんぜん体温が上がっている気がしない。

そんな折、会社から連絡が入った。宿泊しているホテルの会議室を押さえたので、今後について話し合いがしたいとのことだった。身支度を整え、久しぶりに穿き慣れたスラックスに足を通す。胃痛でろくに食べていなかったせいか、ウエストは拳が二つ入るほど緩んでいた。

会議室では営業部の上司の他、人事部長と役員が席に着いていた。みな依千佳より一回りかそれ以上は年長で、能面のように表情を強ばらせている。

柴田の姿は、なかった。

まだ共に仕事を始めて日の浅い上司が重苦しい口調で切り出したのは、依千佳に「体調不良を理由とする自主退職」を勧めることだった。

君のためなんだ、と彼は続けた。現在は広報部と社長室が主に対応しているが、会社に在籍している限り、いずれ君をこの一件の担当者として報道陣の前に出さなければならなくなる。しかし現在の君の様子から、それに耐えられないことは明らかだ。退職金もきちんと支払われる。ひとまず会社を離れ、療養してほしい。そんな説明を、柔らかい口調で人事部長と交互に行った。親身で温かな口調だった。だがその場で一言も発さず、静かな苛立ちを全身に漂わせた役員の存在が、彼らの用意した手札がそれだけでないことを物語っていた。

「もちろんこれは一時的な措置だ。騒動が収まったら、しかるべき対応をとらせてもらう」

心配しなくていいと言わんばかりの、熱意を感じるほど真剣な、目や口どころか耳の付け根辺りまで緊張感が漂った人事部長の顔を見ながら、自分もこんな顔をしたことがある、とおぼろげに思った。仕事を、特に、気の進まない仕事を心を無にしてこなしているときの顔だ。

分からない。なにが起こっていて、自分は誰の話を聞くべきなのだろう。誰の話を、聞くべきだったのだろう。分からない。本当に分からない。正しいものを判断する力がない、自分が一番分からない。おしまいだ。仕事しかないのに。弾き出される。私は、一人じゃ、遊べないのに。

ジャングルジムのてっぺんで一人、小さな仁胡瑠が足を揺らして空を見ている。ほかの子供たちが楽しそうに鬼ごっこをする声が響いている。仲間に入れてもらえない妹を、恥ずかしいと思っていた。

ああ、今でも思っている。

平然と空を見ていた彼女はこんなみじめな気持ち、一生知らずに済むんだろう。

うつむくと、眼球の表面に溜まっていた涙が膝に向かってぼろりと落ちた。穏やかな声と険しい声の波に押し流される形で幾度か頷き、朱肉で濡らした親指を差し出された紙に押し付けて、依千佳は会社を辞めた。


「今、なにを考えていますか？」

呼びかけに、顔を上げる。

分厚いアクリル板の向こうに、スーツ姿の男性が座っている。年頃は依千佳より一回り上ぐらいだろうか。白髪交じりの髪をすっきりとしたオールバックにまとめ、スクエアなシルエットの銀縁眼鏡をかけている。厚めのまぶたから覗く鋭いまなざしと細い体つき、どこか乾いたしゃべり方は、葉を落とした冬の木立を思わせた。名前は、そう、峰木だ。弁護士を考える段になり、他に頼るあてもなく再び彼に依頼した。

峰木はほとんど感情を窺わせない淡泊な表情で依千佳を見つめている。依千佳はとっさの返事ができず、幾度かまばたきをした。

「色々と……思い出していました」

「そうですか。なにか、相談したいことはありますか？」

「いえ……」

十秒ほど間を空けて峰木は浅く頷き、口を開いた。

「前にもお話しした通り、裁判では大きく分けて三つの争点が考えられます。第一の争点はあなたがデータ改竄に関わったか否か、関わったとしたらそれは故意か、それとも過誤か、さらにはあなた以外の他者による作為の可能性があるのか。第二の争点は改竄したデータを用いて作成された論文が、薬機法における『効能、効果に関する虚偽の記事』に当たるのか。第三の争点は、仮にあなたが一連の論文に係る改竄行為に及んでいた場合、その行為があなたの会社の業務に関連しているか、です。はっきり言いましょう。今回の事件において、あなたは前座です。検察は必ず、会社ぐるみの関与を立証しようとするでしょう」

「……そういう、雰囲気でした」

前日の取り調べで依千佳を担当したのは、父親ほど年の離れた乗蔵《のりくら》という検事だった。彼は開口一番「一人でなにもかも背負わされて辛かったでしょう」と恐ろしく温かなことを言った。

「業界全体の問題であり、あなただけが裁かれて終わるべき話じゃない。協力してもらえれば、私たちだって最大限の配慮を行う。なにより、これはどんな業界でも一つ間違えば起こりうる類いの話なんだ。なにが起こったのか、包み隠さず話してくれることが、本当に社会のためになる。思い返して辛いこともあるだろうけど、どうか私と一緒に頑張ってくれないか」

理知的で、誠意のある、こんな人が父親や上司であったなら幸せだろうと思わせる包容力のある語り口だった。検察の取り調べなんてどんな恐ろしい思いをするのだろうと身構えていた依千佳は、強ばっていた心がほろりと緩むのを感じた。泣いてしまいたい、なにもかも洗いざらいぶちまけて、本当は辛かったと訴えたい、そう唇がわななないた次の瞬間。

この人はどこか柴田に似ている、と悪寒が走った。

「……今後も、黙秘を継続します」

依千佳は一連の臨床試験における解析作業を行ったことは認めたが、あくまでそれは研究者としての中立性を保った行為だったとして、ブローリンに有利な結果を導くデータ改竄への関与は否認した。柴田や販促チームのメンバーは確実に臨床試験への関与を否認するだろう。ここで自分が折れれば、足並みを乱してしまう。蟻の一穴が堤を切るように、そこからNN製薬そのものを崩壊させるような事態が訪れるかもしれない。保身ももちろんあるが、それよりもこれ以上会社に対して罪を重ねることが怖かった。

峰木はまた一つ頷いた。

「それがいいでしょう。なにしろ物証が少ないので、検察は必ずあなたの自白をとろうとします。逆に言うと、自白に執着するということは、関与を立証するだけの証拠が足りず、焦りがあるということです。どうか落ち着いて対処してください」

沈黙が下りる。柴田や乗蔵と比べ、峰木は職業的なことしか口にしない。価値とか、意義とか、社会のためとか、そんな恐ろしい言葉を使わない。その明快さがありがたくもあった。

「なにか聞いておきたいこと、言っておきたいことはありますか？　明日以降も取り調べは続きます。なにか懸念があったら伝えてください」

手元の書類をまとめつつ、峰木は依千佳の目を見つめた。依千佳は短く口を閉じ、慎重に切り出した。

「そもそも、いくら会社の関与を問われても、私にも分からないことばかりで」

頭の中で渦巻く混乱を打ち明けたくなったのは、峰木の明快さに、なんらかの答えを期待したからだ。経験豊富な彼なら、これまでも似たようなケースを受け持ってきたに違いない。

「たとえば事件当時の上司がなにを、どこまで考えていたかなんて、今でも分かりません。真剣に会社の将来を憂える真面目で善良な人でした。部下として尊敬し、期待に応えたいと心から思っていました。だから彼が事件のお膳立てをした黒幕の一人で、己の出世欲のために研究者たちを罠にはめた、なんて大げさな記事を読んでも、正直なところ全然ぴんとこなくて……」

言葉が濁ったのは、そう心から思っているなら、なぜ自分が柴田に似た検察官に恐ろしさを感じたのか分からなくなったからだ。一連の臨床試験が行われる間際、自分が神楽医科大学にタイミングよく出向したのは本当に偶然か。あくまで神楽医科大学の講師として研究に携わる、その言葉の意味がすり替わった気がするのはいつからだ。あの決して逃げることのできない大きなショーに参加している感覚はなんだったのだろう。とはいえ、振り返ればそんなものはすべて幻で、なにもかもあの状況下でもっとうまく立ち回れなかった自分の能力不足がすべての原因な気もしてしまう。

多くの人間があの事件に対する答えを自分に求めているのは分かっている。しかし依千佳もまた、あまりに多くのことが分からないのだった。

峰木は苦いものでも嚙んだような顔で、目を細めた。

「それは自白ですか？　自分は上司からの期待を裏切れず、データの改竄を行った、と」

「……いえ、そういうわけでは」

「仮に、あなたがこの場で『データ改竄を行った。すべて私が自分の意志でしたことであり、会社も、大学も、業界も、一切関係ない』と言ったとしましょう。私はその発言を考慮はしますが、頭から信用することは絶対にしません。あなたが誰かをかばって嘘をついている、口止めされているなど、様々な可能性が考えられるからです。人とは、他者から見ればそのくらい揺らぎのある不確定な存在だと私は考えています」

一度言葉を切り、峰木は手元の資料をめくった。

「あなたの当時の上司——柴田羊一郎《よういちろう》ですね。彼がなにを知っていて、どこまでの作為があったかは、捜査上必要になれば検察が追及するでしょう。ただ、あなたが気にしているような、彼が善人であったか悪人であったかを判別するのは難しいと感じます。少なくともそれは、司法の仕事ではありません」

「……すみません」

「一つ、言えることは——今回のケースがそうだと言いたいわけではない、一般論ですよ？」

「はい」

「企業なり組織なり、共同体の不祥事に関わった人間の多くは、その共同体に愛着を持ち、一体化していることが多い。あなたも、柴田も、きっと会社を愛していたんでしょう。そしてなにかを疑いもせず愛しているとき、人の目はもっとも曇りやすい。それが赤の他人である私が持つ、無責任な所感です」

峰木はもちろん、依千佳が完全なシロだと信じ切っているわけではないのだ。むしろそんな盲目的な信頼は怠慢だと軽蔑している感がある。ただ依千佳をクロだと断じるのは別の人間の仕事であり、自分の仕事は依千佳がシロ、もしくはシロに近いグレーである可能性を追求することだと一線を引いている。彼自身が言っている通り、依千佳が善人であるか悪人であるかは彼の仕事の本質に関係しない。話しぶりからそんな印象を受け、依千佳は軽い力で胸を衝かれた気分になった。

自分は、柴田が善人だったか悪人だったかにこだわっていたのか。裏切られた気がして悲しかった？　それとも彼を悪人だと感じ、見抜けなかったことが恐ろしかった？

善悪とはなんだろう。龍之介と別れた際にも考えたことだ。自分もこれは仕事だから、と無意識に世間的な善悪に目をつぶった瞬間はあったと思う。世間的な善悪と、社内や業界内の善悪が乖離《かいり》したとき、自分はなにをすべきだったのだろう。すべきことと、できることにもまた、隔たりがある。

「ゆっくり考えてください。そのための時間は山ほどあります。これまで考える時間がなかったなら、なおさら。裁判のあとも、あなたの人生は続くんです」

黙り込んだ依千佳を残し、峰木は席を立った。

＊

姉の逮捕からの数日間を、仁胡瑠はずっとテレビの前で過ごした。

前代未聞のデータ捏造事件。製薬会社社員という立場を隠し、大学の非常勤講師として臨床試験に関わった手口の突飛さも世間の注目を集め、「ＮＮ製薬」「ブローリン」「片桐依千佳容疑者」の名前は昼夜を問わず繰り返し報道された。逮捕時の映像では頭からジャケットを被っていたためほとんど顔はカメラに映らなかったが、大学のハロウィンパーティで撮られたものらしい黒いとんがり帽と光沢のある紫色のワンピースを着てピースサインをした依千佳の写真をワイドショーが使うと、彼女は「データ操作の魔女」と呼ばれ始めた。彼女が魔法のステッキを振ると、みるみる都合のいいデータが増えちゃうわけね。コメンテーターが軽妙な合いの手を入れる。

大学で依千佳と働いたという研究員がインタビューに答えていた。

「拝金主義……というべきでしょうか。とにかく彼女があまりに売り上げにこだわることに抵抗感がありました。純粋な研究者ではなく、セールスマンだった」

ボイスチェンジャーでぼかされた男性らしき声が言うのを聞きながら、仁胡瑠は右の親指の爪を噛んだ。もうすでに両手の爪で白い部分はほとんどなくなり、いくつかの指には血がにじんでいる。

「はい、ええ、お手数をおかけして大変恐縮です。どうぞよろしくお願いいたします。いえ、NICOLは現在、体調を崩しております。なのでポーラスター名義でメッセージを……はい、それでは」

スマホを耳にあてた貝原が通話を切りつつオフィスに入ってくる。朝と同じ姿勢でテレビに向かう仁胡瑠を見て、表情を曇らせた。

「主要な週刊誌とテレビ局には話がついたよ。実姉であることを隠すわけにはいかないけど、取り上げ方は考慮してもらえる。姉妹とはいえ、それぞれ自立した大人なんだから今回の事件でＮＩＣＯＬが評判を落とすのは違うだろうって、擁護する方向でまとめてくれるって。あとはネットのニュースサイトなんだけど」

「どうでもいいよそんなの！　実際、私にはなんの関係もないんだから。私に因縁つけてくるなんてよっぽどの馬鹿か暇人だ。相手してらんない」

苛立ちが混ざり、いつもよりさらに不愛想で攻撃的な口調になった。貝原は全身にさっと緊張をまとう。自分がそうさせたにもかかわらず、その強ばった表情が癇《かん》に障り、仁胡瑠は泣きたい気分で口を開いた。

「なんで？　なんで私になにもさせてくれないの？　依千佳は会社に嵌《は》められたんだ！　あの人はこんなこと絶対にしない。子供の頃からうんざりするような良い子だった。夏休みの絵日記の、天気欄だけでも写させてって泣きながら頼んだのに、ズルの手伝いはしないってあっさり断られて、でもそのあとでそっと、図書館に一ヶ月分の新聞があるよって教えてくれた。そういう人なんだ……依千佳が魔女扱いされるなんて耐えられない。お願いだからコメントを出させて。事件には触れない。私が知ってる本当の依千佳のことを書くだけにするから」

「本当の、依千佳さん」

嚙みしめるように呟き、貝原は表情を強ばらせた。

「今回の事件は、片桐さんはもちろん、姉の依千佳さんも気の毒だって思うよ。絶対に個人では起こせない事件だもの。分かりやすい立ち位置だったってだけで、批難の多くが依千佳さんに集中してる。でも、だからって依千佳さんの肩を持つようなコメントを発表するのはリスクが高すぎる。……片桐さんやポーラスターを大切に思うからこそ、許可はできない」

「まさか、私の姉が本当に捏造したって思うの？」

　声ににじんだ怒りを受け流し、貝原は左右に首を振った。

「そんなの分からない。でも、いい人なんでしょう？　真面目で、頭がよくて、気配りのできる……そういう、会社の考え方を頭から受け入れることができてしまう適応力の高い人が、入社前なら考えられないようなことをしたり、言ったりする場面を、私は何度も見たよ」

「なにそれ……空気を読んで悪いことするってこと？　頭のいい人が？　冗談でしょう。そんな人生を破滅させるような割に合わないこと、求められた翌日に退職届を叩きつけて当たり前じゃない！　そこで会社の言いなりになっちゃうなんて、頭がいいんじゃなくて本当はものすごく馬鹿なんだよ！」

「……片桐さんは、正しいよ。分かりやすく正しい。だからこんなに支持された。真っ直ぐに輝くあなたに、たくさんの人がアクセサリーを作ってもらいたがっている。片桐さんは片桐さんらしくあるべきだって本当に思う。でも、今回の対応はお願いだから私に任せて。そもそも接見禁止も解かれてないんでしょう？　依千佳さんに一度も会わず、なにも状況が分からないままコメントを発表するのは、どちらにとってもよくないよ」

　言葉では仁胡瑠の心情を尊重していたけれど、貝原のまなざしには薄い陰りがあった。その、疲れとも諦めともつかない色合いを見た瞬間、仁胡瑠は沸き立っていた心が冷や水を浴びせられたようにすうっとしぼむのを感じた。

　いつからだろう、自分を見る貝原の目に、どこか距離を置いた冷静さを感じるようになったのは。貝原は優れたマネージャーだ。稼ぎ手のモチベーションを損ねるようなことは絶対に言わない。

　でも彼女はもう長い間、仁胡瑠や、仁胡瑠の作品について「正しい」「売れる」「時代に受け入れられる」とは言っても、「好きだ」とは言ってくれないのだ。

　ポーラスターがオープンし、テレビ出演が増えて片桐仁胡瑠がＮＩＣＯＬになった頃、彼女の目には確かに熱狂があった。その熱がどうして失われてしまったのか、仁胡瑠にはどうしても分からない。

　息苦しさに顔をしかめつつ、そっと顎を引いて貝原の意見を受け入れた。

　メディア対応を一任し、オフィスに隣接するアトリエへ向かう。チョコレート色のタイルを敷いた部屋の中央に設《しつら》えた広い作業机。世界中から集めたアクセサリー素材を収納した、壁二面を埋める数百もの小さな引き出し。もう一つの壁面には資料を入れた本棚と、工具類が置いてある。

　この部屋に入るのは仁胡瑠だけだ。一つ一つの仕事の方向性に関するアドバイスはできても、実際にアクセサリーをデザインしたり、製作したり、そういった実作業はいくら貝原でも手伝えない。だからアトリエに入るたび、仁胡瑠はこれから一人で決闘に向かうような厳粛な気分になった。

　深呼吸をして作業机に着き、引き出しから製作途中のアクセサリーを取り出す。今作っているのはシンプルなリングブレスレットだ。指輪もブレスレットも、手の甲を渡ってそれらを結ぶチェーンも、すべて蜘蛛の糸のように華奢なシルバーのチェーンでできている。手の甲を飾るチェーンには雨露さながらの小粒の真珠を一つ通した。繊細で優美で、人の目をふっととらえる。そんな印象になるよう細部を調整していく。これはとある俳優向けに作ってほしい、という所属事務所からの依頼で製作したものだ。なんでも彼女は三十歳の誕生日にこれまでの活動の節目となるセミヌード写真集を発売するらしい。素肌にこのアクセサリーのみで撮影されるカットもあると聞き、否応なく緊張は高まった。着手してからデザインが決まるまで二週間近くかかり、その間はずっと胃が荒れて、口から血の臭いがしていた。

このところ重い仕事が続いている。少しでも気を抜けば醜態をさらすことになる、自分のレベルを超えた難度の高い仕事。それでも一つ一つに集中できればまだ切り抜けやすいのかもしれない。しかし仁胡瑠は常に三つはこうした案件を抱え、あれはどうしよう、これはどうしよう、と走りながら考え続ける日々がもう何年も続いていた。貝原も調整してくれているのだが、いかんせん「断れない仕事」「断るにはもったいない仕事」はたくさんあり、なぜか毎度タイミングをそろえてやってくる。そしてポーラスターの親会社にあたる出版社は第二、第三のＮＩＣＯＬを育てようと新人クリエイターを発掘する様々なプロモーションを展開している。ここで旗手であるＮＩＣＯＬが倒れるわけにはいかないのだ。

手を動かすうちに、意識が深い場所へと潜っていく。強靱な四肢を白銀の毛皮で覆い、枯草の香りに満ちた夕暮れの河川敷を疾走する。撃ち出された弾丸のように、墜落していく彗星のように、自分が信じる美しさの極みへとただ一心に駆けていく。

――依千佳が傷を負った。

降り落ちた氷塊のような思考に打たれ、虎の脚が止まった。

でも、なにもできない。そばに行くことすらできない。弁護士を除いて、接見は禁止されている。証拠隠滅の恐れがあるのだそうだ。証拠隠滅？　あの依千佳が？

姉は、変わってしまったのだろうか。

子供の頃から仁胡瑠にとって、依千佳は善きものの象徴だった。自分はきっと本質的に他人が嫌いだし、優しくしたいとも思っていない。人の集まりである社会を信じていない。でも、同じ社会には依千佳のような人間がいるから大丈夫。社会は壊れない。自分は自分の思うままに振る舞えばいい。そんな風に、心のどこかで頼っていた。

依千佳が善きものでないなら、自分は一体なにを信じればいいのだろう。

いや、むしろ依千佳が本当は善きものでなかったのなら、彼女を善きものだと誤認した、自分の感性は本当に正しいのか？

まるで蹴るべき地面がなくなってしまったような心許なさだった。焦燥が頭を濁らせ、ぐるぐると同じことばかり考えてしまう。

それでも今は、とにかく仕事を、終わらせなければならない。


製作にいつもの数倍の時間がかかったリングブレスレットは、苦労した甲斐もあって写真集の表紙で使用されることになった。今にも乳房がこぼれ落ちそうな襟ぐりの広いワンピースを着た俳優が、あどけない表情で髪を掻き上げたワンカット。柔らかくウエーブのかかった栗色の前髪を押さえる右手を、繊細なシルバーチェーンと輝きの強い真珠が彩っている。

洋館で行われた撮影を、仁胡瑠と貝原は見学することができた。日差しの降り注ぐ窓辺で、シーツが張られた広い寝台で、アールヌーボー調の装飾が施された階段の踊り場で、手入れの行き届いたミルク色の肌が惜しげもなく晒され、妖精めいた微笑みがこぼれる。絵画のように艶《あで》やかな光景を様々な角度からカメラマンが切り取り、さらに美が際立った奇跡の一枚を模索する。

リングブレスレットを軽やかに揺らし、俳優がポーズを変える。年月を生き延びた肉体が作る柔らかな陰影。人間の皮膚と木材が寄り添ったときの質感。ブレスレットが作る細い影。誘う表情、拒む表情。この場にいる人間の力を結集して作り上げた、現れては消えるシャボン玉のような美を眺めるうちに、仁胡瑠はこめかみの辺りにぱちぱちと小さな火花が散るのを感じた。

目の前にあるものは確かに綺麗だ。だけどもっと先がある。もっともっと美しいもの、面白いもの、人間を少しずつ変えていくものへと至る獣道が、枯草の平原にぼんやりと見える。仁胡瑠にとってこんな直感は珍しいものではない。逆に、仁胡瑠の作品からインスピレーションを受けた、と別のクリエイターに声をかけられることもある。こうしてお互いに刺激を与え合い、少しずつ文化は進んでいくのだろう。細い流れが集まって、大きな河となるように。

撮影の帰りに、カフェで一息つくことにした。向かい合わせで窓際のテーブル席に着き、それぞれに飲み物の注文を終えると、仁胡瑠は撮影の感想を述べ合うことすらまどろっこしく感じ、性急に切り出した。

「服の下につけるアクセサリーってどうかな？　他人に見せるためじゃない、自分のためのアクセサリー。ほら、重要なプレゼンの日に、あえて高いブランド下着を身につけて気合いを入れるとか、あるじゃない。見せない部分に力を入れて、自分を奮い立たせるの。もちろん、恋人に見せて驚かせる的な要素もあっていいと思うんだけど。下着に連結させたり、普通のネックレスだと見せかけておへそやショーツにまで装飾を這わせたり、遊びようは色々あると思う」

急な提案に貝原は目を見開き、しかし付き合いの長さからすぐにまばたきを早めて思案に入った。口元に手を当て、十秒ほど黙り込む。

「面白いと思う。ただ、日用品として普及させるには、異物感をどうクリアするかがネックになるね」

「平面的なデザインにして、アレルギーが出にくい素材にする。鋭角的なパーツは使わない。体毛が挟まらないよう構造に気をつける」

「女性用？」

「まさか。男女どちらも。肉体をキャンバスに見立てたら、広々としていて飾りがいがあるのは男性の方だよ。……どんなのがいいかな、セクシーで綺麗な感じにしたい」

今まで考えたことのなかった領域に向けて、思考が解放される快感があった。なにより貝原が乗り気になってくれたことが嬉しく、仁胡瑠は頬を緩めながら運ばれてきたコーヒーを飲んだ。貝原も、見せ方や売り方を考えているのだろう。カモミールティーに口をつけ、しばらく沈黙する。

口火を切ったのは貝原だった。

「広げがいのある、すごくいいアイディア。――うん、でも、あのね」

言いよどむ唇を見つめ、予算だろうか、それとも親会社の方針だろうか、と仁胡瑠は思う。

これまでにだって、障害は山ほどあった。その一つ一つを、二人の創意工夫で乗り越えてきたのだ。

「私はもうその企画を担当できないの」

「……え？」

「十月付けで本社に戻ることになった。ポーラスターへは出向扱いだったから。営業局に異動して、ネットビジネス全般を担当する課のリーダーをすることになったんだ。……六年、ううん、ポーラスターを準備していた頃からだと、もう七年ね。本当にありがとう」

「なに、え、待って。え？」

向けられた言葉が、まったく頭の中で像を結ばない。

貝原が営業局へ？

なぜ。なんのために？

「営業の仕事がしたかったの？」

「んん、そういうわけじゃないけど……まあ、管理職だし、ポーラスターがジュエル賞をとったのをちゃんと評価してくれたってことだから、ありがたい話だって思うよ」

「私と働くのがいやになった？」

「まさか！　あのね、そんな感情的な話じゃないのよ。ちょっと事情があってポストが空いて、私も会社員だから。長く現場で好きにやらせてもらった分、これからはバックアップに努めないと。愛着もあるし、ここを離れるのは本当に残念なんだけど。でも、片桐さんと一緒に働いたこの七年間は、私にとって忘れられない大切な時間になった。これからは別の部署からサポートさせてもらうね」

貝原が言っている内容も、彼女が抵抗もなく、当たり前のように会社の決定を受け入れていることも、仁胡瑠にはまるでピンとこなかった。

今、目の前でしゃべっている彼女は、一体誰の意志を口にしているのだろう。

「……ポーラスターの売り上げも伸びていて、大きな仕事がたくさん控えてて、賞をきっかけにやっとタレントのお遊びだとか出版社の道楽だとかそんな風に言われなくなって、これから、これからブランドとして、もっとすごい領域に手が届きそうってときに、あなたは全然違う場所で、全然違う仕事をするの？　しかもポストが空いたからって理由で？」

「それはね、うん、ごめんなさい。片桐さんにはなるべく迷惑をかけないようにする。後任はしっかりした人を付けてもらえたし、ちゃんと引き継ぎもするから」

「そんな話じゃないよ！」

思いがけず大きな声が出て、周囲の客がこちらを向いた。貝原はいやそうに肩をすくめ、深く息を吐いた。

「片桐さん、お願い。あまり無茶なことを言わないで。ここは支払っておきます。少し冷静になって、またオフィスで話しましょう」

椅子を軋ませ、貝原が立ち上がる。

無茶？

いったいどんな文脈で、無茶という言葉が出てきたんだ？

仁胡瑠は誰もいなくなった席を呆然と見つめた。カップに半分残された、カモミールティーが冷めていく。

翌週、貝原は見知らぬスタッフを伴ってオフィスにやってきた。

「片桐さん、こちら後任の乙友《おつとも》です。女性誌に長くいて、業界にも詳しいから遠慮なく頼ってね」

紹介を受けて貝原の後ろから進み出たのは、最近流行りのデニム生地のタイトワンピースに身を包んだ仁胡瑠と同年代の女性だった。明るく染めたショートの髪に強めのパーマを当てていて、顔立ちや振る舞いにどことない陽気さがある。首にはぬかりなく、先月ポーラスターで発売したばかりのティアドロップ型のネックレスをかけていた。

「初めまして！　ＮＩＣＯＬさんにお目にかかれるのを楽しみにしていました。乙友理菜《りな》です。どうぞよろしくお願いします」

光があふれるような快活な挨拶を受け、仁胡瑠はとっさに反応することができなかった。

確かにしっかりした感じの人だ。エネルギッシュで人当たりも良い。きっと立派な職業人なのだろう。

でもこの人は違う。ひと目で分かる。あの薄暗い美術館で、説明しがたい引力で心惹かれた運命のパートナーの代わりは務まらない。

「……ごめんなさい。ちょっと、二人で話したい」

乙友に軽く詫び、貝原と自分を指し示して外に出ようとする。すると乙友は、まるで分かっていたとばかりに片手を浮かせて首を振った。

「そういうことでしたら、私が出ます。今日はまずご挨拶ということで。明日から貝原についてて引き継ぎに入りますので、気になることがあったらなんでも言ってくださいね」

あなたに来てもらうことはないと思う、という言葉を飲み込んで、仁胡瑠は乙友を見送る。オフィスの扉が閉まる。目を向けると、貝原はわずかに顔を背けた。

「冷静に考えたって、無理だよ。私一人じゃポーラスターは続けられない」

「乙友は優秀よ。年齢的にもあなたに近いし、感性も若い。色々な人間と組んだ方が、視野が広がって今後のためになると思う」

「私の今後のために辞令を受けたってこと?」

「違うよ。そもそも会社勤めをしてて、辞令を受けることにわざわざ理由を考えたりしないわ」

「……なんで?」

「なんでって、組織で働くって、そういうことだもの」

「やっと、ジュエル賞だってとったのに。夢だったんじゃないの?」

「夢だったし、もちろん嬉しかったよ! でも、それと私の働き方のどうこうは、まったく違う話でしょう? むしろ、これでポーラスターは社会的な信用度の高い組織として自走できる、片桐さんに迷惑かけないで済む、ってほっとしたくらい」

「なにそれ。なら、あんな賞、とらなければよかった」

貝原の顔が悲しげに歪んだ。

「お願いだからそんなこと言わないで」

深い声で言われ、仁胡瑠もまた、言いたいことの核心が微塵《みじん》も伝わらないもどかしさに眉を寄せる。

「……七年間、貝原さんと一緒に居て、こんなに言葉が通じないと感じたことはなかった」

呟くと、貝原は苦しげに首を左右に振った。

「そう……ごめんなさい。でも、きっと潮時だってことよ。分かってちょうだい」

二週間後、貝原はポーラスターをあとにした。

アトリエの作業机に向かい、スケッチブックを開く。そろそろバレンタイン商戦に向けた新商品の大まかな方向性を決めなければならない。素材やパーツを発注し、場合によっては工場に加工を頼み、状況を見て製作の補助スタッフを確保する。並行して、別の仕事も進める。テレビの仕事も月に何度か入っている。いつだってスケジュールはちきれんばかりだ。

仁胡瑠はそっと目をつむり、青紫色に暮れる河川敷へ下りていく。美しいもの、面白いもの、恐ろしいもの、鮮やかなもの、掻き集めたすべてを飲み下し、腹の中で攪拌しながら走り出す。もっと先へ、まだ触れたことがない領域へ。

数歩、草原を踏みしめただけで虎は頭を垂れた。どうしようもなく脚が重い。それなのに駆けるべき距離は長く、踏破にはいくつもの奇跡が当たり前のように必要とされる。無理をしなければ越えられない仕事ばかりやってきたし、これからだってそんな仕事が続いていく。それでも苦楽を共にした相手がいれば、波乱だって楽しめた。

多大なエネルギーを放出し、苦しみに耐えてその道を走り抜いても、喜ばせたい人はもういない。

じゃあ、自分はどうしてこんな恐ろしい場所に一人でうずくまっているのだろう。

一週間、朝から晩まで時間をかけてもスケッチブックは白いままだった。寒気のする速さで納期が迫ってくる。急に叫びたくなるような恐怖に駆られ、乙友や他のスタッフにはなにも告げずに仁胡瑠はオフィスを飛び出した。地下鉄を乗り継ぎ、幾度か訪れたことのある出版社へ向かう。名前と部署を告げて呼び出しを頼むと、受付の女性はにこやかに頷いて取り次いでくれた。

「なんでこんなところにいるんですか！」

一緒にいた頃には見たことのない硬い雰囲気のパンツスーツで現れた貝原は、開口一番に叱りつけてきた。その気の置けない感覚が懐かしく、張り詰めた糸が緩むように両目から涙がこぼれた。

「つ、作れないの。どうしよう！　怖い、本当に怖いよ」

もう私は担当じゃない、乙友に相談するように、と文句を言いながらも、貝原は近くのファミレスで小一時間ほど話を聞いてくれた。直近の仕事のいくつかについて簡単な意見を述べ、あなたは絶対に大丈夫だからと仁胡瑠の背中を叩く。それだけで胸のつかえが取れて、アトリエに戻った仁胡瑠は少し作業を進めることができた。

三日後、再び出版社を訪ねた。ロビーにやってきたのは貝原の上司だという男性で「貝原は外出中であり、すでにポーラスターの業務から離れている。仕事上の問題は、現在の担当者と解決して欲しい」と諭された。翌日、さらに二日空けた別の時間帯に訪ねても貝原は外出中と言われ、その上司が出てきた。

疲れ果ててオフィスに戻ると、乙友が沈痛な表情で話し合いを求めてきた。仁胡瑠が戻る前からそう決めていたらしく、他のスタッフを早上がりさせていた。

「貝原さんと私ではご一緒した年月も、考え方も、仕事の進め方も違うのは分かっています。でも、どうか私にもチャンスを頂けないでしょうか。NICOLさんの力になりたいんです」

乙友に非がないのは分かっていた。彼女はただ、真面目に割り振られた仕事をこなそうとしているだけだ。仁胡瑠は強ばった表情で畏《かしこ》まる彼女を見つめた。

違う、やっぱり違う。初めて美術館で貝原に会ったときに感じた引力のような、この人を驚かせたい、喜ばせたいといった不思議な衝動が湧いてこない。結局のところ自分は、これまでポーラスターを経由したすべてのアクセサリーを、貝原を意識して作っていたのだろう。

「……たとえば、ロックバンドで大事な役割を果たしていたギタリストが急にいなくなったら、活動ができなくなる、もしくは、それまでのバンドとは変わってしまうっていうのは、割と受け入れられる話だと思うんだ」

「え？　は、はい」

「どうしてそこにギターが弾けるってだけの別の人を連れてきて、これまでと同じようにやって、なんて当たり前のように言えるの？　怒ってるんじゃない。ただ、不思議でしょうがないんだ。あなたも……貝原さんも」

乙友はゆっくりとまばたきをして、慎重に言葉を選んでいるように見えた。仁胡瑠も黙って、彼女の返事を待った。

「会社は、少なくともうちの会社は、たとえ社員の誰かが急にいなくなっても、他の誰かが代わってその仕事を回していくことを前提にしています。なので、ロックバンドのギタリストと比較されても、ちょっと。……本当は、三年ぐらいで異動するのが普通なんです。でも、貝原さんもポーラスターを立ち上げた当初は色々不安定だからと、人事と交渉して引き延ばしてもらっていたので。その辺り、ご寛恕頂けないでしょうか」

「ごかんじょ」

あまりに形式的な物言いに、仁胡瑠は思わず苦笑した。

「その前提って、会社が決めるの？」

「組織とはそういうものではないかと。そうじゃなきゃ介護や育児などの休業制度が機能しません」

「前提がうまくいかないときはどうするの？」

「うまくいかない……というのは前提が悪いのではなく、その場に当たっている人間の力不足になります」

「になります、って不思議な言い方。誰がそう決めるのか分からないけど、そうなるって感じなんだね。今の場合は、乙友さん？」

「……はい」

「そうなんだ。ひどい話」

でも、あくまで他人事だ。仁胡瑠は軽く肩をすくめた。

「私がオフィスを出たら本社に連絡するよう言われてたんでしょう」

乙友はうつむき、答えない。仁胡瑠は微笑んで続けた。

「明日から、もう来ないでください」

「ポーラスターは、ＮＩＣＯＬさんの会社ではありません。私はあなたに雇われているわけではないです」

「うん、だから、いいです。お疲れさまでした」

乙友を追い出したあと、仁胡瑠はこれまでに描き溜めたデザインのノートや製作途中の作品、サンプル品などを出張用のトランクに詰めてオフィスを出た。

オフィスの鍵は茶封筒に入れて、翌日、本社に郵送した。

ポーラスターのオフィスを構える前に、何度か完成した作品を発送したり業者から届いたパーツを受け取ったりしたことはあったので、彼女の住所は分かっていた。

休日の昼に菓子折を持って自宅であるマンションの一室を訪ねたところ、留守なのか誰も出てこなかった。二時間ほど近くのカフェで時間を潰し、再び訪ねても同じだった。

自分はもともと貝原の仕事用の連絡先しか知らない。それらにいくらメッセージを送っても返事はなく、恐らく部署異動に伴ってなんらかの変更が生じたのだろう。簡単な連絡方法がない。「また来ます。連絡ください」とこちらの番号やアドレスを書いたメモを菓子の紙袋に入れ、ドアノブにかけておいた。

数日待っても連絡がなく、再び今度は平日の夜に貝原の自宅を訪ねた。既に帰宅していたらしく、窓には明かりが灯っていた。

「片桐です。貝原さん、開けて。話したいことがあるの」

インターフォンを押し、少し待っても反応がないため、呼びかけながら二度、三度と扉を叩く。耳を当てても、室内に音はない。

居留守を使われている？　まさか。どうして。

少し遅れて、会社から接触を禁じられているのだと思い当たった。あくまでＮＩＣＯＬとの窓口は乙友に限るよう、厳命されているのだろう。改めて、会社という厄介な存在に縛られる貝原のことを気の毒に思った。

それからまもなく、総菜やパン、弁当などたくさんの食べ物が詰まった百貨店の紙袋をぶら下げた母親が、急に一人暮らしの部屋を訪ねてきた。

「あんた、仕事が終わったのに貝原さんを追い回してるんだって？　ノイローゼになっているんじゃないかって心配してたよ」

実家で製作をしていた頃、取材への対応や急な荷物のやり取りで貝原が顔を出すこともあったため、両親と彼女は面識がある。仁胡瑠は苦々しい心地でずっしりと重い紙袋を受け取った。

「仕事が終わったんじゃなくて、色々と整理して仕切り直そうとしてるだけ。ちょっと行き違いがあったんだ。こんなに大げさに心配されて、迷惑」

「そう？　ずいぶん働きづめだったって聞いたよ。それに……やっぱりお姉ちゃんのことがショックだった？　私の友人に腕のいいセラピストがいてね。あんたも辛くなったなら、試しに一度……」

「いらないから！　本当にそういうのじゃないの！」

どうしてそんなノイローゼだのセラピーだの、まるでこちらが精神を病んでいるかのような話になるんだ。自分はただ仕事で不義理を働かれたことに腹を立て、意見の相違を正したいだけだ。貝原は一体なにを考えているのだろう。仁胡瑠は急いで母親を部屋から追い出した。背中で玄関の扉を閉め、深く息を吐く。

こんな馬鹿げた誤解には耐えられない。

こうなったら、偶然会っただけだと貝原が会社に言い訳しやすい状況で、なんとか会おう。面倒だけど、仕方ない。

貝原のマンションの付近には二つの駅がある。彼女がどちらを通勤に使っているのかは分からなかったため、近所にホテルをとり、出勤、退勤の時間帯にどちらかの駅前で待つことにした。

四日目の夜、やっと改札から出てくる貝原の姿を見つけた。相変わらず、かっちりとしたシルエットのパンツスーツを着ている。ポーラスターに居た頃なら絶対に着なかった服だ。肩が凝るからフォーマルは嫌い、と舌を突きだしていたのに。彼女もまた、急変した環境に苦労しているのだろう。かわいそうで、胸が湿った。

駅前はパチンコ屋の音楽で騒がしかったので、仁胡瑠は彼女に続く形で歩き出した。マンション手前の、人通りが少なく話のしやすい通りで呼びかける。

「貝原さん！」

スマホ片手にこちらを振り返った貝原は、なぜか驚いた様子で目を見開き、ハイヒールのまま走り出した。

顔を見た途端に逃げられる、などと思ってもみなかった。仁胡瑠は一拍遅れて彼女のあとを追った。

「なに、どうしたの！　私だよ、仁胡瑠！」

ついてこないで、と悲鳴のような声が返ってくる。貝原は耳にスマホを当て、誰かと通話しているようだった。

「話したいだけなの、誤解だから、お願い止まって！」

五分ほど走り、マンションに辿り着いた貝原はスピードを緩めずに外階段を上がっていく。一階の手すりをつかみ、仁胡瑠は腹の底から声を出した。

「ねえ、今のところを辞めて私と一緒に会社を作ろう！　二人で、ずっと先まで行こう。絶対に成功させる。世界で一番綺麗なものを作って、あなたにあげるから！」

頭上の足音が止まった。

数秒をおいて、夜を切り裂くような声が降り落ちる。

「そんな話、乗るわけないじゃない！　私にだって人生があるの、想像したことないでしょう！　なに夢みたいなことばかり言ってるの……ほんとにもう、帰って！　二度と顔を見せないで！」

「貝原さん！」

このままでは、まともに話し合えずに離れてしまう。ポーラスターが終わってしまう。仁胡瑠は痺れる足に力を入れて、彼女の部屋がある三階まで上りきった。

貝原は、自室の扉を開けようと鞄から鍵を取り出したところだった。

彼女が鍵を挿し込むよりも先に、ドアノブが動き、室内からスウェット姿の男がぬうっと顔を出した。見知らぬ男だ。貝原と同年代か、少し上ぐらいだろうか。大柄で、頰に無精髭を生やしている。

男は貝原の体に腕を回すと一度深く抱きしめ、彼女を背中にかばう形で怒気をあらわに仁胡瑠へ向き直った。

「いいか、あんたがやってることは立派なストーカーだ！　今、警察がここに向かっている。逃げるなよ。証拠は山ほどあるんだ」

唐突に投げつけられたストーカーという単語は、仁胡瑠にとって心外以外のなにものでもなかった。

「なに？　私は、ただの仕事仲間で、ストーカーじゃな……」

「駅前を見張って付きまとってたくせに、ふざけるなよ」

「仕事上の誤解があって、それを解きたかっただけ！」

「たわごとは警察で言ってもらおうか」

ふぉん、ふぉん、ふぉん、と高く反響するパトカーのサイレンが近づいてくる。無理して走り続けたせいで、まだ息が整わない。酸欠で、男との会話もまるで夢の中で交わしているように現実感がない。そういえばここのところ、あまりの心配事の多さに、まともな食事を摂っていなかった。エネルギーが足りていない。

マンションの廊下が、まるでクッションを踏んでいるようにふわふわしている。

自分は、なにか間違えたのだろうか。

一体なにを。

答えを求めて見上げた先、男の体の奥に、半開きのドアをつかんで立ち尽くす貝原の姿が見えた。彼女は涙で顔をぐしゃぐしゃに汚していた。仁胡瑠を見つめる瞳に鮮やかな恐怖が見えた。

——ああ、私は間違えたんだ。なにかを大きく間違えたんだ。間違えても、分からなかったんだ。

そう胸に小石が落ちるように納得した次の瞬間、すうっとマンションの床が近づき、仁胡瑠の意識は途切れた。

# 5

「あなたに見せたいものがあるんだ。きっとね、驚くと思うよ」

そう思わせぶりな口調で言って、乗蔵検事は依千佳の顔の前に一枚のプリントをかざした。十数行ほどの文章が印刷されている。右上には、見覚えのあるＮＮ製薬のロゴマーク。どうやら会社のホームページをプリントアウトしたものらしい。肋骨を突き破らんばかりに心臓が弾み、依千佳は膝に乗せた手を強く握った。

これは、外の情報だ。勾留が始まって早五ヶ月、いくら望んでも得られなかった、自分と、自分の会社にまつわる新しい情報。

時候の挨拶や騒動への謝罪に続いて、全体の中ほどに綴られた内容に、依千佳は全身が凍りつくような恐怖を感じた。

【社内調査の結果、逮捕された元社員の事件当時の上司の中には、元社員の一連の研究への関与を認識していた者がいたことが判明しました。但し元社員が上司から具体的な行動を指示されていたとの証拠はありませんでした。また経営陣の一部の者は立場上、元社員の研究への関与について、認識して然るべきであったといえます。しかし経営陣は当該元社員の日々の業務について、把握しておりませんでした】


いかにも会社の声明らしい、回りくどくて要点のつかみにくい文章だ。だが、内容を整理すれば、主張はむしろ分かりやすすぎるくらいで——。

「あなたねえ、このままだとトカゲの尻尾と同じで、いいように利用された挙げ句ぽいっと切り離されて終わりだよ？　そんなのやりきれないだろう？」

俺は悔しくてならない、と乗蔵はまるで跳び箱の前で立ちすくむ生徒を励ます教師のような、熱意にあふれた声で言った。

「しゃべりやすいところからで構わない。本当のことを教えてくれ。分かるよ、俺だってこの年まで働いてきて色んなことがあったんだ。あなたの辛い気持ち、苦しい気持ちは、よーっく分かる。でも、どんな残酷な物事であれ直視しなければならないときはある。そうだろう？今がそのときだと、思わないか？」

弁舌をふるう乗蔵も、灰色の壁も、安っぽい事務机も、なにもかもが遠い。依千佳は自分がここにいないみたいだと感じた。

会社が私を捨てた。なにもかも私が勝手にやったことだと発表した。有能で、社長賞をもらうほど会社に献身した片桐依千佳という人間はもういない。いない、ということになってしまった。

それなら、私自身に残る価値なんてゼロだ。あんなに頑張ったのに。寝る間を惜しんで働いた、家庭を壊した、怖くてもいやでも折れなかった、我慢した、それなのに。

崩れるのはいやだった。それはプロではない、と強く忌避する心があった。しかし耐えようもなく両目の奥から涙があふれ、スウェットに包まれた太腿を濡らした。ぽ、ぽ、ぽ、と落ちていく大粒の雫《しずく》がガラス玉みたいだ。自分の体液だと思えない。

「司法も、世間も、勇気を持って正しいことをする人の味方だ。すべてを明らかにして罪を償い、人生をやり直すんだ。……あなたならできる」

悲しみで塗りつぶされた意識にふと、真摯な声がすべり込み、依千佳は思わず顔を上げた。

初めてまともに目を合わせた乗蔵は、まるで彼自身も依千佳と共に捨てられたかのような憂いと怒りを帯びた表情で、二度、三度と力強く頷いてみせた。まるでヒューマンドラマの名シーンのような、美しい共鳴のひとときだった。

依千佳はわずかに表情を緩めた。乗蔵へ、微笑みかける。彼への理解と共感が、自然と口角を上げさせた。

――あなたが今、一ミリも心を揺らさずに、本当はかけらもそう思っていないことを口にしたって、分かるよ。

――だって私も同じようなことを何度もしてきたから。

真っ直ぐすぎて不自然なまなざしと、まるで自分の言葉の信憑性を高めようとするかのような頷きのタイミングが、彼のメッセージが作りものであることをありありと示していた。恐らく乗蔵は、用意した切り札が首尾良く依千佳を動揺させたことに気をよくして、勝負を焦ったのだ。

唐突な微笑に、乗蔵は穏やかな表情をさっと引っ込めた。それから続けてなにか言っていたけれども、依千佳は目をつむり、口を閉ざしたまま、右から左へと聞き流した。

独房へ戻り、畳に腰を下ろした依千佳はようやく息を吐いた。

衝撃でなにも考えられなくなっていた頭にやっと血が巡り出す。

会社は、本当に私を捨てたのだろうか。

捨て……たのだろう。逮捕までされたのだ。懲戒免職に等しい扱いをされても仕方がない。とはいえ、今思えば自主退職を提案されたタイミングはいささか不自然だった。まるで依千佳をメディアの前に出したくないような、「当該社員はすでに退職しており、会社としてこれ以上の対応はいたしかねます」といった断り文句を作りたがっていたような、ぎこちない強硬さがあった。しかも「騒動が収まったら、しかるべき対応をとらせてもらう」と人事部長は言った。

依千佳は目をつむり、両手で顔を覆った。しかるべき対応。曖昧な言葉だ。てのひらをぎゅっと顔に押しつけ、意識を集中させる。冷静に、冷静に考えるべきだ。

やはり会社は私を捨てたわけではない、と思う。

ただ、もっとも分かりやすくかつ組織への被害が少ない筋書きとして「一人の社員が会社の指示をはき違えてトラブルを起こした」という回答が選ばれたのだ。この騒動が早期収束へ向かう最短ルートを、かつて自分が参加していた販促チームのような、部署をまたいだ特別チームが構築したに違いない。

そしてすべてがつつがなく終わったとき、私は再び会社に声をかけられるだろう。口を開かれては、困るからだ。

依千佳は深呼吸をした。視野を広く保たなければいけない。弁護士の峰木も言っていたではないか。裁判のあとも人生は続くのだ。真実だの告発だの社会正義だの、そんなふわふわした霞のようなものは、ひと月たりとも自分を食べさせてはくれない。

そもそもこんな風にメディアで大々的に取り上げられ、悪人として印象づけられた人間を雇用してくれる会社なんてあるわけがない。なら自分は、結局どれだけひどい扱いを受けても、NN製薬から離れることはできないのだ。

古びてささくれた畳の目に意味もなく爪を食い込ませる。やるべきことが整理され、目の前に一本の道が開けた気がした。上下左右をコンクリートの壁に囲まれた、狭くて暗い、真っ直ぐな道だ。

どうして私はこんな道を歩くことになってしまったんだろう。

広々として輝きに満ちた、素晴らしいサーカスの日の河川敷を目指した日もあったのに。

依千佳は小さな机の上の週刊誌へ手を伸ばした。拘置所内では読書が認められており、峰木が接見のたびに数冊ずつ差し入れてくれる。もちろん検閲は入っていて、特に雑誌は数ページがまるまる黒塗りにされていたこともあった。きっとブローリン関連の特集が組まれていたのだろう。供述に影響が出ないよう、被疑者自身や事件に関する情報は厳しく制限されている。だが、アクセサリーデザイナーのＮＩＣＯＬが片桐依千佳の身内であることは考慮されなかったようだ。もしかしたら、担当官が見落としたのかもしれない。

【ＮＩＣＯＬ暴走！　元マネージャーに恐怖のつきまとい】

雑誌の半ばより後ろ、短い芸能ニュースが寄せ集められたページにその記事はあった。サングラスをかけたコート姿の仁胡瑠が、どこかのカフェのテラス席でコーヒーを飲む白黒写真が添えられている。記事によると仁胡瑠は数ヶ月前から元マネージャーにストーカー行為を繰り返し、複数回、警察が呼ばれる騒ぎを起こしているらしい。「ＮＩＣＯＬの元マネージャーへの依存は深く、彼女がいなければ作品が作れないと周囲にヒステリックに当たり散らしています。そもそも元マネージャーが担当を外れたのも、ＮＩＣＯＬの束縛体質に嫌気が差したのがきっかけだとか」事情を知る業界関係者なる人物がこんなコメントを寄せていた。

ＮＩＣＯＬのブランドを管理していた会社は業務を終了し、警察沙汰をきっかけにテレビ番組も降板した。彼女のブームは終わった、自業自得だろう、と記事は締めくくっていた。

わけが、分からない。記事に書かれたヒステリックで、束縛体質で、愚かさですべてを失ったお騒がせ有名人のイメージは、なに一つ自分が知っている妹の像と重ならなかった。

仁胡瑠に一体なにがあったのだろう。あんなに他人に関心を向けない人だったのに。きっとひどい誤解が生じたのだ。子供の頃にも、仁胡瑠がなにげなく口にした言葉がクラスメイトを傷つけたり、団体行動が取れないと教師から連絡が来たり、そうしたトラブルはたびたびあった。けど、たいてい妹の行動に悪意はかけらもなかった。むしろ悪意のなさが、かえって事態を複雑化させた。コミュニケーションが下手な妹から主張を聞き取り、嚙み砕いて両親に説明して妥協点を探すことは、家庭における依千佳の役割だった。

しかしどれだけ仁胡瑠が苦境に立たされていても、家族とすら面会できない状況にいる自分にできることはなにもない。心がねじ切られるような苦しさを感じつつ、依千佳は再び週刊誌のページをめくった。冒頭の特集ページを開くと、センセーショナルなタイトルが目に飛び込んでくる。

【新種のウイルス　スーパースプレッダーは女性カメラマンか】

すでに何度も目にしているのに、黒川愛が新種のウイルスに感染し、しかもそれを周囲の人たちに広げてしまったというニュースを、依千佳はどう受け止めればいいのか分からなかった。

幸い黒川は入院の必要がないくらいの軽症ですんだが、彼女と接触した人の中には重篤な肺炎を発症した人もいると記事は伝えていた。流行が深刻化していた島の南部で「軽率に」取材活動を行った、空咳の症状があったにもかかわらず喉の乾燥のせいだと「素人判断」をして飛行機に乗った、「飛行機にウイルスを持ち込んだのは彼女だ」と同乗者が批判したなどの理由で、世間では彼女に対する猛烈なバッシングが巻き起こっていた。

実際には黒川たちの帰国便だけでなく、様々な経路で同じウイルスがすでに国内に入っていたらしい。ただ、一人の行動が集団を感染させた分かりやすい例として、彼女は都合のいいサンドバッグにされていた。

どうしてこんなことになったのだろう。黒川はよく大学のカフェテリアで、一番安いミートスパゲッティに粉チーズを山ほど振りかけて食べていた。仕送りがなく金欠だとかで、居酒屋と家庭教師のアルバイトをかけ持ちしていた。派手なエスニック調の古着のシャツに色落ちしたデニムを合わせ、授業では真っ先に手を挙げて発言する、真面目な優等生タイプだった。

「いわゆる意識高い系の、プライドの高いタイプでした。就職した会社がブラックで何度か転職したもののうまくいかないという話は聞いていましたが、ある時期からいきなりカメラマンを自称し始めた」と黒川を学生時代から知っているという人物がインタビューに答えていた。

誰だろう、と胸がざわめく。わざわざこんな意地の悪い言い方をする人が同窓にいたのか。

仁胡瑠と黒川、彼女らへ向けられる揶揄の混ざった厳しい意見を読むうちに、まるで四方から生き埋めにされるような息苦しさを感じ、依千佳は週刊誌を閉じた。これまでに幾度か目にした黒塗りのページで、きっと自分もこのように糾弾されたのだろう。

まばたきをすれば、自分たちが青くさい少女だった頃の景色が昨日のことのようによみがえる。みんな、感情を言葉にするのが下手だった。他愛もないことで傷ついた。世間が怖く、でも同じだけ、世間に夢を見ていた。慣れないパンプスでかかとに血豆を作りながら、ファストフードを頬ばっていた。なにも持っていなかったけれど、あの頃は大人になること、社会に出ることに広い草原へ走り出すような期待があった。

あれからそう時間が経ったわけでもないのに、気がつけば私たちはこんな恐ろしい道に迷い込み、身動きが取れなくなっている。

消灯時間となり、薄い布団に横たわる。年が明けて、夜の冷え込みが一層厳しくなった。雪がちらつく日も珍しくないというのに、拘置所内は暖房がないためひどく寒い。両腕で膝を抱え、体を丸める。眠気はいつも明け方まで訪れない。両隣の房からも繰り返し寝具のこすれる音が聞こえる。きっと仁胡瑠も、黒川愛も、それぞれの闇で目を見開いているのだろう。青暗い部屋の隅を見つめたまま、そんな風に思った。

＊

警察署を出ると、見送りに立った刑事に向けて両親は深々と頭を下げた。

「娘がご迷惑をおかけしました」

父親が重々しい口調で告げる。母親は沈痛な顔を地面に向けていた。三秒が経ち、五秒が経っても二人は顔を上げなかった。その間、仁胡瑠は両親の背後、二つの尻が向けられた位置で戸惑いながら立っていた。

警官は慣れた様子で苦笑いを浮かべ、まあまあと宥《なだ》めるように父の肩へ手を添えた。

「お父さんもお母さんも、そういうのはやめましょう？　どうか頭を上げてください。あなたもね、こんないいご両親にこれ以上心配をかけるものじゃないよ。これを最後のチャンスだと思って、しっかり更生しなさいね」

警官の言葉の後半は、ぼうっとしている仁胡瑠へ向けて発された。仁胡瑠はどう返せばいいのか分からずになんとなく口をすぼめた。奇妙な心地で両親と警官の顔を見比べる。台本のようなものが彼らには渡されていて、自分には配られていない。そんな気分だ。

社交辞令、様式美、お約束。取り調べの最中に、そんな言葉を幾度か聞いた。「あの人は異動を残念だと言っていた。だから自分は、ずっと二人で一緒に働ける環境を作ろうとしただけだ」そんな仁胡瑠の主張に対して、対応した警官は「どんなに嫌いなやつだって、仕事相手ならそれくらいの社交辞令は言う。そんなことも分からないのか」とうんざりした口調で吐き捨てた。

そんなこと、分からなかった。分からなかったと思うたび、仁胡瑠は自分が今まで地面だと思って踏みしめていたものが、穴の空いたエアマットのようにぐにゃぐにゃと不気味に波立つのを感じた。なにを頼りに考えればいいのか、分からなくなる。

警察署をあとにして、三人でなにも言わずに歩き出し、最寄り駅を目指す。仁胡瑠はもう、自分のマンションへは戻らない。

初めて警察署に連行されて注意を受けた日は、もう二度とこんな馬鹿な真似をするものかと心に誓った。しかしそれから一日経ち、二日経ち、時間が過ぎるにつれて、仁胡瑠の中で言いようのない感情が膨れ上がっていった。怒りとも悲しみとも愛着とも違う、強いて言うならば「分かってもらいたい」に近い感情だった。

分かってもらいたい。自分がどれだけショックを受けたか、パートナーの不在が創作に対してどれだけのダメージを与えたか、心ない対応が、話を聞こうともしない態度が、どれだけ一方的で不遜なものだったか、説明して、分かってもらいたい。少しでも落ち着いて話し合いたくて、手紙を出した。家を訪ねたらきっとまた怖がらせると思い、あえて会社を訪ねた。しかし呼び出しは相変わらず上司に妨害され、自宅を訪ねるしかなくなった。自宅にはあのいけ好かない男がいるだろう。二人で会うには、結局会社や自宅の最寄り駅を見張る以外に手が思い浮かばなかった。

こうして当人には会えないまま、仁胡瑠は三ヶ月間で警察から更に二回の注意を受けた。かねてから貝原が仁胡瑠の両親に事態を相談していたこともあって、とうとう二人が署に呼び出された。仁胡瑠の父親は「片桐仁胡瑠が二度と被害者に接触しないよう監督し、定期報告を行い、状況に応じて警察署の要請に協力する」と記された書類に署名し、仁胡瑠は都内のマンションを引き払って実家へ戻ることになった。それが、被害者側が提示した、刑事処分を留保する条件だった。

「もう二度と、背後を振り返りながら街を歩きたくない」

それが仁胡瑠が警官を通して受け取った、彼女の最後の意思だった。

平日の午後に、スーツ姿の両親と並んで電車に揺られているというのは奇妙な気分だ。喪服なら葬式だし、母親が着物やワンピースを着ているなら祝い事という可能性もあるだろう。しかし両親がともに色を抑えた慎み深いスーツを着て、とっくに大人になった自分の隣に座っている状況は、異常事態の象徴のように仁胡瑠には感じられた。

乗り換えに使う東京駅構内のレストラン街で、父親がふらりと足を止めた。

「腹が減ったな。なにか食べよう」

なにげない誘いに、仁胡瑠は自分が朝からなにも食べていなかったことを思い出した。スマホの時計を確認すると、十四時を回っている。それでも食欲は微塵も感じない。ここのところずっとそうだ。頭がぼうっとしていて、いつでも眠く、食事を菓子で済ませることもあった。

母親がぱっと明るい声を出した。

「そうだよ、せっかく東京まで来たんだ。なにかおいしいものにしよう。仁胡瑠、なにが食べたい？」

「別に……なんでもいいよ」

「なんでもいいじゃないよ。こんな痩せて、いくら忙しくても食べるのをさぼったらだめだって言っただろう。不健康でなんにもできなくなるよ？」

母親の小言が始まる。父親はレストラン街の案内板を眺め、なんでもあるなあ、とのんびりした声で呟いた。

三人が落ち着いたのは讃岐うどんを食べさせる店だった。父親と母親はざるうどんに季節の天ぷらがつくセットを選び、仁胡瑠はきつねうどんを選んだ。芳ばしい鰹出汁が喉を通り、荒れた胃を優しく潤していく。甘いお揚げを噛むと、舌の付け根から唾液が湧き出すのが分かった。

全身に薄く汗を掻きながら時間をかけてうどんをすする。なんとか半分ほど胃に収めたところで、先に食べ終えた父親が何気なく口を開いた。

「なんだかよく分からないけどな、お前の部屋は出て行ったときのままだ。また一から自分のペースで、アクセサリーでもなんでも作ればいいいさ」

そうだよ、と母親が合いの手を入れる。

「カリスマだのなんだのと担ぎ上げられて、お前が無理してるんじゃないかってずっと心配だった。大変な仕事先とは手を切って、色々とやり直すいい機会だよ」

母親の言葉に、仁胡瑠は唐突な息苦しさを感じた。ポーラスターや親会社である出版社の社員たち、これまでに出会った様々な人間の顔が浮かぶ。確かに無茶な仕事をずいぶん振られた。親会社のまったく関係のないプロジェクトにまで広告塔として協力を求められたこともあった。スケジュールはいつもぎりぎりで、他のことをまったく考えられないくらい忙しかった。でもそれは業界内の助け合いとしてある程度受け入れられたし、頼られることが誇らしく感じられる瞬間だってあった。

そうではなく、自分にとって致命的だったのは——。

貝原塔子。

その名前を思い浮かべただけで、意識が燃え盛る炎で焼き尽くされた。怒り、悲しみ、愛着、嫌悪、寂しさ、恨み、憎しみ、あらゆる感情が津波のように押し寄せて吐き気がする。出口も解決策もなく、一人暮らしの部屋で念じ続けた「分かってもらいたい」はもはや呪いに近かった。仁胡瑠自身を苛み、炙り続ける暗い火だ。一度点火するとなかなか消えてくれない。考えることが苦しくて、だからなおさら、焼けただれた皮膚に氷水を求めるのと同じ切実さで、彼女からの理解といたわりが欲しかった。

きつねうどんを収めた胃が急に収縮し、吐き気が込み上げた。とっさに口を押さえ、一呼吸おいてぬるくなったお茶を飲む。

「……私はもう、アクセサリーは作らないよ」

アクセサリーを作ろうとするたび、どうしても彼女のことを考えてしまう。彼女のことが少しでも頭をよぎると、業火に等しい苦しみがやってくる。心配そうに顔を曇らせた両親へ向けて、仁胡瑠は苦々しく首を振った。


電車を乗り継ぎ、久しぶりに帰った実家はかつて店舗の半分を占めていたアクアショップのスペースが大幅に縮小され、代わりに家電スペースが広くとられていた。とはいえ家電もそれほど商品やサンプルが密に置かれているわけではなく、とりあえず空間を埋めるためにそれまでの陳列を広げて間に合わせているという感じだ。

「もう高い魚を買う人がほとんどいなくなっちゃったんだ」

「なに、熱帯魚ブーム終わり？」

「あんた、たまには新聞読みなさいよ」

呆れた様子で、母親は店舗の奥にある居間から新聞をとってきた。一面に「ＰＣウイルス渡航禁止へ」と太字で印刷されている。

「ＰＣウイルス？」

「ほら、松笠島で見つかった新種のウイルスがあっただろう。その正式名称を略すとＰＣウイルスになるんだってよ」

「松笠ウイルスの方が分かりやすいのに」

「その言い方だと、松笠島やそこに住む人たちが風評被害を受けるからよくないんだ。ウイルスはまったく関係しない場面で松笠島の品物が売れなくなったり、住民がいやがらせを受けたりね」

　ふうん、と鈍く頷き、仁胡瑠は紙面を読み進めた。現在、松笠島の開発は全面的に中止されている。それどころかＰＣウイルスの感染拡大が止まらず、人の移動を規制したり、海外渡航を禁止したりする話も出てきているらしい。

「パンデミックが来るんじゃないかって株価が急落して、お父さんの取引先も倒産しちゃったし、大変なことになってるよ。まあ熱帯魚のブームもそろそろ下火になってたし、うちは去年からパートさんに辞めてもらって、規模を小さくしてたからまだなんとかなったけど。ひどいもんよ。次になにが起こるか、分かったものじゃない」

　軽く言って、母親は肩をすくめた。なるべくひとごとのようにふるまうことで、問題を遠くに置こうとしている感じだった。大型の水槽を始めとする維持費のかかる設備が処分され、店内はやけに広々としている。残された水槽にあの大輪の花のような熱帯魚たちの姿はなく、水草の陰から控えめに顔を覗かせているのはなじみ深い和金やメダカばかりだ。

　海の真ん中に小さな島ができた。

　新種のウイルスが流行した。

　そんな選びようのないことで人生が一変し、乱高下する。この世は無慈悲で、でたらめだ。でもそのでたらめさに、慣れつつある自分もいる。

　水槽の前にしゃがんで淡い光を放つ金魚の鱗《うろこ》を久しぶりに眺める。子供の頃から、和金を見るたびに綺麗だな、とぼんやり思ってきた。だけどその綺麗さを自分がどう表現したいのか、よく分からない。身近すぎると、かえって分からなくなるものなのかもしれない。

スーツの上着を脱ぎ、化粧を落とした母親が顔を出した。

「明後日のお姉ちゃんの裁判、あんたも行くでしょう?」

自分はなにもかもをなくし、依千佳はまだ恐ろしい夢の中にいる。仁胡瑠はぼんやりと、水槽のガラスに映る自分の目を見たまま頷いた。


幾度となくニュースやワイドショーで取り上げられた注目度の高い事件なだけあって、裁判所の前には傍聴券を求める人の長蛇の列ができていた。仁胡瑠たち一家は列の横を足早に通り過ぎ、関係者用の入り口から建物に入った。

歴史を感じさせる格調高い石造りの建物は、一歩足を踏み入れた瞬間から、まるで見えない巨人の手で柔らかく押し潰されるような息苦しさを感じさせた。職員の案内を受け、依千佳の裁判が行われる法廷がある階の関係者用控え室へ向かう。様々な来訪者で混み合う入り口のホールに比べ、裁判が行われている上層階の廊下は遠くの咳の音すら耳に入るほど静かだ。堅い床に、靴音がコツコツと響き渡る。

裁判の前日、仁胡瑠は実家の洗面所で長い間迷うなっていた。

NICOLとしてブレイクして以来トレードマークとなっていた金髪を、黒く染めようかと迷ったのだ。警察署にやってきた両親の堅いスーツ姿が頭にあった。身内が被告人として出廷する裁判を傍聴する以上、服装を地味にして、かしこまるべきなのだろうか。

でも、と自分の中の正しさが凜《りん》と鳴り響く。被告人の身内に金髪の人間がいたからなんだっていうんだ?　そんなことで例えば裁判の行方が左右されたり、なにかを判断されたりするのは間違っているし、明確な差別だ。むしろ私はこの髪のまま、堂々と傍聴席に座るべきなんじゃないか。

こっちの方が絶対に正しい、と思った次の瞬間、かつて鼓膜を切り裂いた悲鳴が耳の中で反響した。

――私にだって人生があるの、想像したことないでしょう！

声は、今も耳の奥でじくじくと血をにじませている。

そうだ、依千佳には依千佳の人生がある。私は片桐仁胡瑠として裁判所に行くわけではなく、依千佳の妹として行くのだ。優先するべきは依千佳だ。

いや、誰かを理由に自分の正しさを曲げたらだめだ。妥協や譲歩は、ただの堕落だ。それを一度も許さなかったから私は素晴らしいものが作れたんじゃないか。

もう私はクリエイターじゃないのに、一体なにを考えてるんだ？　なんの役にも立たないこだわりなんか捨ててしまえ。

頭の中で無数の声が衝突してまとまらない。

途中で母親が顔を出した。鏡を見ながらやけに深刻な顔をしている、と心配されたらしい。髪について相談したところ、母親はぱっと目を見開き「やだ、あんたそのヤンキーみたいな頭で行く気だったの？　さっさと染めなさい」と叱りつけた。こういうのはＴＰＯの問題だ、依千佳に対する心証が悪くなったらどうする、あんた自身も週刊誌に狙われてるのにわざわざ目立たなくてもいいでしょう、と息つく間もなく畳みかけられる。

自分の正しさと母の正しさ、それぞれの選択に無数の正しさが積み上がり、脳内で火花を散らしてぶつかり合う。そこに父親がやってきた。

「もう子供じゃないんだ、自分で決めさせなさいよ」

「私だってそう思ってたけど、この子があんまりにトンチキなこと言ってるから」

正しさでなにかを選ぶのはだめなのかもしれない。両親のやりとりを眺めるうちに、唐突にそう思った。その考え方の、行き止まりのようなものがうっすらと見えた。

結局、仁胡瑠は髪を落ち着いた焦げ茶に染めた。なんとなくその方が落ち着いて裁判に集中できる気がした。それだけの理由で。


開廷時間の数分前に、職員に付き添われた女性が法廷に入ってきた。

傍聴席の仁胡瑠は横顔を見てすぐに、依千佳だ、と胸に灯《とも》りが点るように思った。逮捕からずっと接見禁止のまま、半年ぶりにようやく姿を見ることができた。「よかった、そんなにやつれてない」と思ってまもなく、彼女の両手を拘束する手錠と、腰に回された縄の存在に頭を殴られたような衝撃を受けた。弁護士を通じて両親が差し入れた薄手の白いニットと、生地にほのかな光沢がある葡萄色《ぶどういろ》のスカートがいかにも普通の格好だったから、なおさらそれはグロテスクなものとして目に映った。

依千佳は傍聴席をちらりとも見ずに職員二人に挟まれる形で被告人の席についた。着席の際に手錠と腰縄は外され、仁胡瑠はまるで自分が解き放たれた気分で息を吐いた。

裁判が始まった。

事件の概要が確認され、事実関係が整理されていく。複数の大学でブローリンを使った臨床試験が実施されていたこと。被告人・片桐依千佳が所属していたNN製薬が、自社にとって有利な結果が見込める臨床試験に際し、試験を行う研究者やその所属組織に多額の奨学寄付金を提供していたこと。そしていくつかの臨床試験でブローリンに有利な内容の試験結果が捏造されたこと――。

傍聴しながら、仁胡瑠は苛立ちが募って仕方がなかった。自社に有利な結果を出してくれそうなところには多額の寄付金を提供する？　そんなの不正の温床になるに決まってるじゃないか！　製薬会社の社員も大学の関係者も、みんな高度な教育を受けた賢い人間ばかりなのに、なんて馬鹿なことをしているのだろう。しかし経緯を聞く限り、そんな風に会社に都合のいいところに寄付金を贈ることそのものは、なんの罪にも当たらないらしい。となると、むしろ馬鹿なのはこんな制度を作った役人か。国全体が、当たり前のことも考えられないくらい馬鹿になっているのだろうか。

事実関係の整理が終わり、提示された三つの争点もなんだかピンと来なかった。依千佳がブローリンに有利なデータの捏造に関わったか否か。改竄したデータを用いて作成された論文が、薬機法における『効能、効果に関する虚偽の記事』に当たるのか否か。そしてもし依千佳がデータを捏造していたら、その行為は会社の業務に関連していたのかどうか。

なんでいきなり企業不正の話が、記事の話になるんだ。

どう考えたってこれは倫理観のない最悪な会社が多額の金と引き換えに不正な研究結果を捏造したという事件で、糾弾されるべきは会社であり、さらにはそれが可能になっていた業界の構造じゃないか。

それなのに目の前では、臨床試験に携わった研究者たちが次々に証言台へ呼び出され「私はやっていない」「私じゃない」「他の人間がデータを操作した可能性がある」などと、みっともなく責任をなすり付け合っている。

訳が分からない。時間ばかりが過ぎて話し合われるべき問題の核心に近づいている気が、まったくしない。

でも、なにより仁胡瑠が不快だったのは、依千佳の供述だった。依千佳は、製薬会社の社員でありながら自社製品の臨床試験に関わったことについて「当時は大学に出向しており、会社から離れた立場だった。人手不足を理由に、試験を手伝って欲しいと話が来て、一研究者としてなら問題がないと思った」とし「データはすべて先生方から預かったものをそのまま解析した。捏造は行っていない」と主張していた。そこまでは、まだ分かる気がする。

許せないのは、検察官の質問に対して、彼女がたびたび記憶喪失になることだ。

例えば、一番初めに臨床試験を手伝う話が大学側とまとまった際、その場にいたのは誰か。

「よく覚えていません」

同時期に社内では部署を横断したブローリンの販売促進チームが組まれ、依千佳もいくつかの会議に出席した形跡があるが、問題意識はなかったのか。

「当時私はあくまで社外の人間であり、会議には参加者ではなく見学者として顔を出していました。将来的に産学連携を推進する仕事をしたいと考え、大学における意思決定プロセスと、企業における意思決定プロセスの違いについて検討するため、ブローリンに限らず複数部署が参加する大型の会議をよく見学していました。私に発言の機会はなく、完全な部外者としてそこにいたため、問題はないと考えていました」

それでは、その販売促進チームには社内の誰が参加していたのか。

「メンバーの入れ替わりが激しかったため、よく覚えていません」

その販売促進チームから、なんらかの指示を受けていたのではないか。

「特に記憶にありません」

なぜ、正式な公表前から会社は試験結果を知り、プロモーションの支度をしていたのか。

「私には分かりかねます」

臨床試験を実施していた医師から「こういうデータを出してもらわないと困る」と被告人に圧力をかけられたと声が上がっている。

「初めに約束した期日までに不備のないデータを提出してください、といったお願いはしたことがありますが、データの内容についてなにかお願いした記憶はありません。また、当時は数十人の先生方とお仕事をさせて頂いていたため、当該医師と本当にお会いしたかも定かではありません」

依千佳の答えは終始こんな調子だった。自分はやっていない、そして会社の関与は覚えていない。どうしてこんな事件が起こったのか、その真相はまったく語られず、のらりくらりとはぐらかされる。

正々堂々と真実を言わず、証言台であやふやなことばかり答える姉は、やけに薄汚れて見えた。嘘つきで、卑怯で、みっともなくて、見るのが嫌になるほど醜悪だった。依千佳？　本当にあの女は、依千佳なんだろうか。こんな大勢の前で嘘をついて、しらばっくれて、恥ずかしいと思わないんだろうか。

証人の数が多く、裁判は二ヶ月に及んだ。日本の医薬研究の国際的信用を失墜させた前代未聞の論文不正事件。そんな大事件を起こした当事者たちは依千佳を含め、みんな「なにが起こったのか自分にもよく分からない」とでも言いたげな、どこか漠然とした口調でそれぞれの言い分を語った。私はやっていない、覚えていない、あの人がやった、やっていない、よく分からない、そんな雰囲気だ。頼りない言葉が飛び交う中、検察は地道に証言を引き出し、「この期間にデータに触れられたのは容疑者だけ」「この医師からこの医師への恫喝じみたメールの記録が残っている」と断片的な証拠を繫ぎ合わせ、依千佳と他数人の事件関係者による捏造への関与を立証しようとした。

審理が大詰めを迎えた頃、帰りの電車でマスクをつけた母親がぽつりと言った。

「依千佳は、やったのかもしれないね」

父親も仁胡瑠も、なにも答えない。しかし考えていることは同じだったろう。依千佳の供述は見るからに不自然で、検察が積み上げた証拠も、主だった不正のいくつかが依千佳にしかできないタイミングで行われたことを示していた。母親は両手で目元を覆った。

「馬鹿だよ、本当に……言ってくれれば、なんでもしたのに」

母親は泣き声を漏らさなかった。父親は、いつしか険しい顔で目を閉じていた。仁胡瑠は満開のチューリップ畑でツアー客らしき人々が笑顔でポーズをとっている旅行会社の車内広告をぼんやりと眺め、色のバランスが悪いな、と思った。続けて、八人もマスクを着けずに集まっている光景は、なんだか怖く見えるようになったな、とも。流行が始まった当初は「マスクなんてウイルスにはなんの意味もない」「マスクにこだわる人はパニックを起こしている」と否定的な意見が多かったのに、今では街行く人の誰もがマスクで口元を覆っている。実際に感染予防の効果があるかどうかはともかく、それが社会的なマナーとして定着した節があった。マスクを着けていないと見知らぬ人に怒鳴られる、などの気味の悪い出来事も多い。

扉の上部に設置された細長い電光掲示板が午後のニュースを流している。今日の感染者は三桁の大台に乗り――若者は外出を控えて――夜の街が感染源となっており――若者だけでなく、感染したら重症化しやすい高齢者にも外出の自粛を呼びかけた方がいいんじゃないか。本当は昼も夜もない街全体の話なのに、夜の街、夜の街と繰り返して問題を特定の業種に押しつけていないか。淡い不満をくすぶらせながら仁胡瑠はニュースを目で追った。こういうとき、マスクは楽だ。自分が一体どんな顔をしているか、まったく意識しないで済む。

カメラマンの黒川愛さんが自宅付近の路上で見知らぬ男に傘で殴られるという事件が発生し――あやうく読み流しそうになった一文が、意識に引っかかった。黒川愛ってどこかで聞いたことのある名前だ。ああそうだ、ＰＣウイルスを日本に持ち込んじゃった人だ。すっかり忘れていた。きっと恨みをかっていたのだろう。とことん運の悪い人だな、と苦い気分になる。ほんの数秒前まで自分たちがこの世で最も悲劇的な家族のような気がしていたのに、世間の広さがなんだかおかしい。

車窓を流れる街のあちこちで、白っぽい桜がぽつぽつと花を開いている。いつのまにか、春が来ていた。

裁判の判決が言い渡されたのは、桜が盛りの時期だった。

なにかを祈る気持ちすら湧かず、ただ粛々と来るべき痛みを受け止めようと、仁胡瑠は両親とともに法廷へ向かった。

黒い法服を着た裁判長が、開廷して一番に口を開く。

「それでは被告人・NN製薬株式会社及び、被告人・片桐依千佳に対する薬機法違反に関して判決を言い渡します。――いずれも、無罪」

法廷内からすうっと音が消え、数秒後にどよめきが広がった。記者らしき人たちがバタバタと駆け出していく。背筋を伸ばした依千佳はぴくりとも動かない。審理の最中は怒りが抑えられなかったのに、その瞬間、仁胡瑠の目からみるみる涙があふれた。良かった、とやっと胸にも春が届いた気分で深く息を吐く。本当に、本当に、良かった。自分が早とちりしていただけで、依千佳は罪を犯していなかった！

しかし、続けて裁判長から発せられた言葉は、仁胡瑠の涙を止めるのに充分な力を持っていた。

「故意の改竄を行っていないという被告人・片桐依千佳の主張は極めて信頼性が低く、複数の改竄行為について、操作を行えたのは被告人のみであることを証拠が示している。被告人・片桐依千佳によるデータ改竄行為を認定する」

言われている内容がよく分からず、一瞬頭が真っ白になった。

依千佳は不正行為を行った。そう、裁判所は判断したということか。

それならなぜ、無罪なのだろう。

依千佳のデータ改竄行為を認定するに至った経緯に続き、裁判長はおもむろに、薬機法に関する解釈を述べ始めた。

捏造されたデータを元にした論文が医学雑誌に掲載され、それを広告の素材として用いたことで、企業が莫大な収益を上げた。これら一連のプロモーションが薬機法の第六十六条一項の定める「虚偽又は誇大な記事を広告し、記述し、又は流布してはならない」に違反するとして、検察は依千佳と、法人として監督責任を伴うＮＮ製薬を起訴した。

だが裁判長は「たとえ不正な内容であろうとも、医師向けの業界誌への論文掲載が一般の顧客の購入意欲を昂進させるとは認められず、広告の要件を満たさない」と説明した。――そのため、無罪なのだという。

あまりに意外な判決に傍聴席のさざめきが止まない。仁胡瑠もまったく整理ができなかった。姉は、悪いことをした。少なくとも、悪いことをした、と認定された。

だけど、罰せられない。

そんな彼女を、これから自分はどう受け止めればいいのだろう。

でたらめだ、とまず思う。いや、でたらめではないのだ。その理由を裁判長はこの瞬間も言葉を尽くして伝えている。でもそうして世の中の流れに沿って提示される正しさと、心と体が感じる正しさが食い違ったまま、嚙み合わない。

二時間に及ぶ判決理由の説明の後、裁判長は依千佳にこう語りかけた。

「判決としては以上です。――片桐さん、ご自身の不正な行為が原因とはいえ、長い間勾留され、被告人席に座ることを強いられたこと、本当にお疲れ様でした」

依千佳はわずかに体を揺らし、無言で頭を下げた。

姉が一層遠ざかった気分で、仁胡瑠はその背中を見つめ続けた。

*

「前にもお伝えしたとおり、学術論文でデータを捏造することに対する罪、なんて定められていないんです。だから検察側は誇大広告罪だなんて適用範囲の狭い罪状でこの事件を起訴するしかなかった。しかしあなたの不正行為を立証したところで本質的には意味がなく、誇大広告罪を主張するならむしろ『NN製薬の広報担当が、それがデータを捏造された不正な論文であることを承知でプロモーションに利用していたこと』を立証しなければならない。だけどあなたは黙秘を貫き、会社関係者は事件への関与を否定し、該当する証拠は見つからなかった――ここまで、大丈夫ですね？」

「はい……一応」

一分ほど沈黙し、依千佳はもごもごと口を開いた。

「あの、これまでピンと来ていなかったんですが……なんで論文のデータを捏造することに対する罪が、定められていないんでしょう」

無罪判決を勝ち取ってなお峰木はにこりともせず、いつも通りの淡々とした口調で応じた。

「当たり前の話ですが、法律はこの世のすべての現象を網羅しているわけではありません。新薬の認可に関わる治験には厳しい規制があります。しかし臨床試験について、日本にはこれまで厳密な取り決めがありませんでした。そして誤った内容の論文を作成することを規制すると、今度は学問の自由に抵触します。データを一つ間違うだけで故意か過失かを詮索され、刑事罰が視野に入る。そんな環境で、誰が自由に研究できるでしょう」

「……そうか、すごく兼ね合いが難しい領域なんですね」

頭を押さえ、脳をフル回転させてなんとか激変した自分の状況を受け止めようと努める。

正直なところ、自分が無罪になるなんて思っていなかったのだ。こういう道筋がある、ああいう道筋もある、と裁判の進展に応じた戦略は峰木から説明されていたものの、どうせうまくいくわけがない、期待するだけ辛くなる、と聞き流していた。

依頼人の理解が追い付くのを待ち、再び峰木は口を開いた。

「おそらく今後この事件を踏まえ、臨床試験や、故意に不正な論文を作成し広告利用することに関して、新たな立法措置がとられるでしょう。——無罪判決、おめでとうございます」

祝いの言葉を、すぐに受け取ることはできなかった。十秒ほど間を空けて、お世話になりました、と顎を引く。分かっている。検察側の求刑は二年だった。取り調べで黙秘を貫き、かつ裁判で反省の態度を示したわけでもない自分が執行猶予をとれるとは限らず、二年間、刑務所で服役することを思えば、今の状況は奇跡に近い。もちろん分かっている、だけど。

「こ、怖くて。なんでか分からないんですけど。まだ信じられないのかな、すみません。でも、今までありがとうございました。なにもかも峰木さんの……おかげです」

感情を自覚した途端、膝の上に乗せた手が震えた。判決を受け、一瞬の安堵に続いてやってきたのは漠然とした恐怖だった。

それまでは有罪になることで「普通の人々」のカテゴリーから外れてしまうのが嫌だった。けれど今は「普通の人々」どころか「罪を犯して罰を受けた人」のカテゴリーからも外れ、まったく想像もできない場所に一人で立っている気分だった。

峰木は静かに依千佳を見つめ、首を左右に振った。

「これが仕事ですので。ただ、そうですね、この状況をただの幸運だと喜ばないあなたは、やはり真性の悪人ではなかったのでしょう。それなら、今後の生活について、少しお伝えしておきたいことがあります」

「なに……なんでしょうか」

「先ほども言いましたが、法律は人が作ったものです。罪を定め、違反した人間に刑罰を科し、刑期を終えた者は社会に復帰する。しかしあなたは大きな社会的関心が集まる状況下で不正行為を糾弾され、それなのに罰を受けることが出来ない。法律が個人と社会の関係を調整し、人生を歩きやすくするアスファルトだとして、そこにぽっかりと空いた穴に落ちたようなものです」

依千佳はうつむき、自分の両手を眺めた。なんだかうまく考えられない。この両手はほんの少し前まで手錠で結ばれていた。勾留期間中たびたび体調を崩し、爪は表面がでこぼこと隆起して黄色っぽく変色している。原因不明の湿疹がずっと治らず、手の甲や指の付け根の複数箇所に赤いケロイドができた。

手が、ぼろぼろだ。脈絡もなくそう思い、涙が一粒目尻を滑り落ちた。

峰木が再び口を開いた。

「言うまでもないことですが、この先、今回の事件を理由に誰かがあなたを不当に扱ったり、私的に制裁したりする行為は、すべて違法です。その相手がどんな理由を述べようと、圧倒的に正しくないことです。なにかお困りのことがあったら、いつでもご相談ください」

目の前で並べられる、たくさんの難しい言葉がまるで頭に入ってこない。真っ白い霧で閉ざされたみたいに、今のことも、先のことも、なにも考えられない。

「峰木さん」

「はい」

「私は……きっと頭が、人よりも悪くて、正しいことがすぐに分からなくなります。怖いんです。この先のこと、生きていくこと、ぜんぶ」

もうひとかけらも、自分をとり繕う余力がなかった。すると峰木は珍しく沈黙し、ふう、とゆっくり鼻から息を吐いた。

「私は、弁護士です。もしも不安について深刻に悩まれているようでしたら、カウンセラーとの面談や、医療機関での受診をまずおすすめします」

「そう……ですよね、すみません」

「ただ、これはもしかしたら、余計なことかもしれませんが……」

考えをまとめるよう短く言葉を切り、峰木は続けた。

「無罪と無実は、別のものです。現行法はあなたを無罪であると判断しました。しかし無実は、司法が判断するものではありません。片桐さんは事件について、深く悩んでいるように見えました。私に言えないこともあったのでしょう。法的な罪を問われない上で、自分に過ちがあったのか、なかったのか、あったとしたらどんな過ちか。それは片桐さんにしか判断できない問いかけです」

「なら、私はなにを正しさの指標にすればいいのでしょう」

「信仰や思想にそれを委ねる人もいます。なにか特定の、信じる対象をお持ちですか？」

「いえ……」

「それでは他者が差し出す正しさを頼るのではなく、ゆっくりと自分で考えてください。この先も人生は続き、もっとも深い場所で片桐さんを理解し、罰し、赦《ゆる》すことができるのは、片桐さんしかいないんです。……良い形で、ご自身の人生と折り合いがつくことを祈っています」

無罪判決への形式的な祝辞より、飾り気のない峰木自身の言葉の方がずっと受け取りやすく感じられた。依千佳は強く奥歯を嚙み、ありがとうございました、と頭を下げた。

無罪判決が報じられて以降、拘置所の前には釈放を待つマスコミが待機していた。峰木は事務所のスタッフの中で依千佳と背格好の似た女性を拘置所内に呼び、マスクを付け、フードを目深《まぶか》に被らせ、さも彼女が依千佳であるようにカメラから庇《かば》いながら建物を出た。彼らがタクシーに乗り込むと、多くの車があとを追った。それから五分ほど間を空けて、依千佳はそっと拘置所を出た。足早に近くの路地へ入り、峰木が事前に呼んでおいてくれたタクシーに乗り、手はず通りに実家の住所を告げる。

みるみる拘置所の建物が遠くなる。自分が自由に移動していることが信じられない。車窓を流れる景色を、依千佳は産まれたばかりの赤ん坊にでもなった気分で眺めた。桜が咲いている。降り落ちた花弁が川面を埋め、薄紅色の絨毯を作っている。カラフルな布マスクをつけた下校途中の小学生達が列を成して歩いている。マンションのベランダでスウェット姿の男性が洗濯物を干している。スーツ姿の女性が、季節に似合いの明るい色のスカーフをなびかせて横断歩道を渡っている。

目に映るなにもかもがたまらなく慕わしく、美しく見えた。シャッターを切るようにまばたきをする。また少し涙がこぼれ、だけどそれを運転手に気づかれるのがいやで、依千佳は声を嚙み殺しつつシャツの袖に雫を吸わせた。

二時間半ほどタクシーに揺られ、実家に辿り着いたときにはもう日が傾きかけていた。車を降りると同時に、店から飛び出してきた母親に抱きしめられる。父親は依千佳の背をぱんぱんと叩いた後、タクシーの料金を払ってくれた。夕飯まで休んでいなさいと促され、お客のいない店舗を抜けて居間に上がる。

洗面台で手を洗ってうがいをしていると、そばに人の気配が立った。

無地の黒いTシャツにデニムを合わせた痩せた女は、仁胡瑠だった。裁判のときにもちらりと目にしたが、かつての前髪を結んだ怠惰な一角獣ではなく、洗練されたショートの金髪でもなく、中途半端に伸びた髪を栗色に染めた妹は初めて会う他人のように見えた。大人っぽく自由で、目尻から頰にかけてのかすかな陰りが、これまでに様々な苦境を歩き抜けてきた人の強さを感じさせた。

元マネージャーにストーカー？　全然そんな風に見えない。

先に口を開いたのは、仁胡瑠の方だった。

「……おかえり、依千佳」

「ただいま、仁胡瑠」

見つめ合い、姉妹はどちらからともなく肩へ腕を回して抱き合った。

# 6

夢のような桜は、二度の雨ですぐに流れ去った。

赤茶色のがくが目についたのも束の間、透明感のある若葉があっというまに枝を覆い、日ごとに色を深めていく。どこか冬の冷気を残していた風がスイッチを切り替えたように暖かくなり、太陽が輝きを増す。

生きること、育つことへの無垢な喜びに満ちた季節だ。足がむずつき、どこでもいいから軽装でふらりと出かけたくなる。固い手錠で拘束されながら、この自由をどれだけ待ち望んだことだろう。

依千佳は独房にいた頃と同じように壁にもたれ、母屋の二階にある自室の窓から新緑に彩られた町を眺めていた。手も、足も、動く。扉にはもちろん鍵なんてかかっていない。

でも、家を出ることは禁じられている。依千佳だけではない、日本中の誰もがそうだ。厳密には禁じられているのではなく、「自粛」を「要請」されている。自分から望んでそうすることを、求められている。矛盾する奇妙な表現なのに、その指示を汲んですみやかに心と行動を変え、同じ動きが取れない脱落者にもっともらしい理由を添えて糾弾する自分を、依千佳は簡単に想像できた。そんなの社会に出てから何千回もやってきた。この国で大人になるとはそういうことだった。

生活必需品の買い出しや、一日一度の散歩は認められている。それでも依千佳は食事と入浴を除いて、家どころか、自分の部屋からも出なかった。

「堂々としてればいいのよ、無罪なんだから。そもそもねえ、なにが罪だとか罪じゃないとか、そんな細かい部分まで大概の人は考えないって！　無罪だったんだ、じゃあ悪くなかったんだねえって、それで終わり。気にしてびくびくする方が変よ」

母親の言葉はある意味で正しいのだろう。無罪と無実の違いなど、ほとんどの人は考えない。考えるのは、考えなければならない状況に陥ったことがある人だけだ。

網戸を引いた窓から、草の匂いを含んだみずみずしい風が流れ込む。側頭部を預けた壁伝いに、母屋と隣接する店舗で仁胡瑠と母親が話す声が聞こえる。大通りを走り抜けるバスのエンジン音。裏のアパートで子供が泣いている。

ゆらりと視界が傾いだ。シーツに手をつきかけて、伸ばした腕が丈夫な幌布を握る。表面に防水加工が施された、カラフルで美しい、広々とした布だ。

気がつくと、自分は広々とした草原の真ん中で、なんらかの構造物を作っていた。地面に杭を打ち、ロープを引き、丈夫なシートを張っていく。周囲にはたくさんの人がいて、賑やかで楽しい雰囲気だ。それぞれに資材を持ち寄り、掛け声とともに力を合わせ、巨大なサーカスのテントを完成させる。軽やかで心地よいメロディが流れる。ピエロの寸劇から始まる素晴らしい舞台。ステッキの動きに合わせて愛くるしいダンスを披露する動物たち。空中に咲き乱れるパフォーマーたちの演技。万雷の拍手。偉業を成し遂げた同志たちと、手をつないで頭を下げる。謙虚に、そう、あくまで照れくさそうに、謙虚に——そのとき私はきっと母親に抱き上げられた赤ん坊くらい安心している。この世に愛された喜びで、泣くかもしれない。

しかし人々は姿を消し、気がつくとテントの内部には自分しかいなくなっていた。ピエロも猛獣使いもパフォーマーも裏方のスタッフも、大勢いたはずなのに。もぬけの殻となった楽屋の灯は落とされ、青暗い闇が溜まっている。テントの外から顔の見えない客が訪れ、みるみる座席を埋めていく。自分は一人、逃げることも踊ることもできずに、広すぎる舞台の中央で途方に暮れる。

「依千佳……寝てるの?」

控えめなノックに続き、仁胡瑠の声が耳に届いた。目を開くと、部屋が暗い。しわの寄ったシーツから顔を上げる。

「夕飯だよ」

「うん、行く……」

「ああ、網戸に虫が集まってる。窓、閉めるよ」

顔の真横をハーフパンツを穿いた腿が通り過ぎる。窓を閉めて二秒、それから部屋の入り口に戻って、三秒。もの言いたげな間を空ける妹は、胸に溜めた言葉を切り出さない。依千佳もうながすのが恐ろしく、彼女がその場を離れるまで、息を細めてじっとしていた。

ぎこちないのは妹だけではない。実家に逗留する間の下着や化粧品を買いにスーパーへ出向いた際、幾人かの知人とすれ違った。同じ商店街で子供の頃から顔を合わせてきた焼き鳥屋のおじさん、クリーニング屋のおばさん、高校の事務の人、誰もがふっと顔を逸《そ》らし、こちらに気づかないふりをした。たまたま、かもしれない。お互いにマスクで顔の半分が隠れていたから、分かりにくかったのかもしれない。でも前に帰省した時には、道路の反対側からでも近所の人に「依千佳ちゃーん！」と呼び止められ、近況を聞かれたり世間話に付き合ったりしていた。少なくともこんな風に、至近距離ですれ違いながら一度も目を合わせてもらえないなんてことはなかった。

スーパーの入り口近くに設置された宝くじコーナーの前を通る。列を作っていた老人達の目が追いかけてくるのが分かった。「なに、どうしたの？」と問う一人に、他の一人が「ほらあの姉妹の、脱税した方」と口をすばやく動かす。「脱税？　ストーカーだろう？」「え、会社の金を横領したんじゃないの？」ぜんぶ聞こえていたけれど、聞こえない素振りで遠ざかった。

多くの人は無罪か無実かなんて考えない。母親は正しい。でもより正確な表現をするなら、多くの人にとっては悪い評判が立ったというだけでも、その対象を避ける充分な理由となるのだ。そこでわざわざ物事の深くまで分け入って検討したり、考えたりはしない。分かりやすくて楽しい、不正確な噂話ばかりが広がっていく。

毎日なにを食べているかもよく分からないまま食事を終え、シャワーを浴び、部屋に戻ってまた眠る。日付の感覚もなく、漫然とそれを繰り返す。

目を開き、体を起こした依千佳は、また巨大なテントの中にいた。テントはまだ作りかけで、天井部のシートで覆われていない箇所からは、色の薄い青空だって見えた。

周囲にはまだたくさんの気配が残っていた。辛くとも、みんなで素晴らしいことを成し遂げよう。そんな生温かい連帯感が充満している。ずっと気になっていたことがあった。いつも消えてしまう人々、彼らはどんな様子で、どんな表情でテントを組み立てていたのだろう。

舞台の袖幕を、強くつかんで振り返る。そこには、上司の柴田がいた。営業部の、赤石がいた。販売促進チームのメンバーがいた。青羽教授を始めとする大学の関係者がいた。みな、それぞれに役割を負った場所で微笑んでいた。硬直し、表面に光沢のある、不自然なくらい整った微笑。テントを組み立てていたのは、数十体のマネキンだった。

ふいに両の口角がつり上がり、首がまるで固定帯でも巻かれたように動かなくなる。そうだ、自分だってマネキンだった。このサーカスにはまともな人間なんて一人もいなかったんだ――。

「違う」

思わず声が漏れた。そんな簡単なことではないはずだ。口を動かした途端、顔や首の硬直が解けた。

「青羽教授」

楽屋近くでカラフルな鞭を振り上げ、凝固した微笑みを浮かべる老教授のマネキンに目を向ける。彼はこの事件の責任を追及され、教授職を退いたと聞いている。

「分かるって思ったもの」

地位であったり、金であったり、名誉であったり、望外の輝かしいものに心が躍り、「過剰なサービス」をした。「要請」に応えた。自分から望んでそれを行った、ことにした。

「私も同じ」

柴田に、会社に、失望されたくなくて、それが仕事だ、仕事とはそういうものだ、誰もが耐えていることだ、この不快さに耐えることが優れた職業人の証だ――と山のような言い訳で自分をねじ伏せ、「過剰なサービス」を、要請への応答を、忖度《そんたく》を、した。自分の人生を、切り売りした。痛覚のないマネキンが、あんな苦痛を感じるものか。

そして自分は、忖度を引きずり出す側でもあった。ブローリンに有利な試験結果を出すことはすでに自分の中では前提で、青羽教授くらい便宜を図ってもらうことが「当たり前の見返り」だと思っていたし、そうでない研究者のことを「仕事のできない人たち」だと軽んじて、高圧的にふるまったこともあった。

「でも、分からなかった」

自分がなにをやっているのか、それがのちに裁判にかけられるほど重大かつ悪質な行為であると、当時は分からなかった。自分の苦痛で手一杯だったし、その苦痛が肯定される物語以外は目にも耳にも入らなかった。見返りをずっと、待っていた。

静寂を切り裂くように、聞き覚えのある電子音が響き渡った。きらびやかで甲高い、耳障りな音。

うるさいと思った瞬間、まぶたが開き、手が勝手にスマートフォンをつかんでいた。ディスプレイには新着メールが表示されている。大学同期のメーリングリストを利用したメールが届いていた。

仕事関係や家族以外の相手からメールを受け取るなんて、一体いつ以来だろう。釈放後、返却されたスマホやパソコンを確認したものの、届いていたのは迷惑メールや通販サイトの商品案内ばかりだった。友人知人からのメールは、一通も届いていなかった。

大学同期のメーリングリストが利用されたのも、二年近く前に同窓会の案内を受け取ったのが最後だったと思う。そのときは仕事で行けなかったし、欠席の連絡すら、あまりに忙しくてできなかった。ディスプレイをタップして、メールボックスを開く。

メールの差出人を知り、依千佳は息が止まりそうになった。

差出人　AI　KUROKAWA
宛先　大学同期メーリングリスト

【お久しぶりです】


黒川です。

報道で知っている人もいると思いますが、少し前に日本に帰ってきて、今は療養生活を送っています。

色々な経験をして、色々なことを考えました。

世の中がもう少し落ち着いたら、みんなに会いたいです。

追伸　マッスー、ホリちゃん、トモエくん、結婚おめでとう！　また改めてお祝いさせてね。

黒川愛は、自分がバッシングされていることを知らないのだろうか。下手すると依千佳よりもなおひどい、世紀のバカ女みたいな扱いを受けているのに。どうして彼女はこんな堂々としたメールを送ることができるのだろう。

黒川の帰還を喜ぶ気持ちはあっても、依千佳は返事を打てなかった。長らく使われていなかったメーリングリストを利用して、世間を騒がせた自分がいきなり皆にメールを送るなんて、気まずいにもほどがある。むしろ自分の逮捕と、黒川の一件こそがこのメーリングリストを使いにくくした原因な気がする。

十分経っても、二十分経ってもスマホは誰のメールも受信せず、依千佳はまるで場違いなふるまいをしたのが自分であるかのような奇妙な居心地の悪さを感じた。

だからトイレから戻り、シーツに置いたスマホがメールの着信を示すランプを点しているのを見つけ、ほっとした。よかった、きっと同級生の中でもまとめ役だった誰かが当たり障りのないいたわりを返したのだろう。そう思いつつ、ディスプレイを覗く。

差出人　ＡＩ　ＫＵＲＯＫＡＷＡ
宛先　片桐依千佳

【黒川です】


報道を見て、本当に驚きました。

大変な目にあったんじゃないかと心配しています。

よければお茶でも飲みませんか。

依千佳と話したいことがあります。


理解が追いつかず、三回、読み直した。

黒川愛がどうして、よりによって私を誘うんだろう。一時期は新聞や週刊誌で並んで糾弾されていた自分たちが仲良くお茶だなんて、たちの悪い冗談みたいだ。

でも友だちからの外出の誘いなんて、もう二度とないかもしれないと思っていた。

依千佳は新緑のにじんだ窓を数秒眺め、ディスプレイに指を滑らせた。


一ヶ月後、緊急事態宣言が解除され、外出自粛の呼びかけが緩和されるのを待って依千佳は黒川から指定された都内の総合病院へ向かった。透明なフェイスシールドをした職員に非接触型の体温計で熱を測られ建物に入る。待ち合わせ場所は、病院内に併設されたカフェレストランだ。

入り口横の黒板に、ドリンクやパスタのイラストがカラフルなチョークで描かれたカジュアルな雰囲気の店だ。外来患者や見舞い客の他、パジャマを着た入院患者の姿もところどころで見られる。

黒川はライトグレーのスウェット生地のワンピースを着て、店の奥まった位置にあるテーブル席に着いていた。同窓会では背中に届く長さだったのに、髪形がまるで少年のようなショートカットに変わっていたため、横顔を覗くまで分からなかった。薄い水色の布マスクをつけている。ワンピースの襟から伸びたうなじは、骨のおうとつが浮いて見えるほど肉が薄い。

「お待たせ」

声をかけて、席に着く。すると黒川は少し驚いた様子で肩を震わせ、へにゃりと眉を下げて笑った。

「ああ、ぜんぜん。来てくれてありがとう」

特に化粧はしていないのだろう、眉毛が途中で途切れている。両足は桜のような淡いピンク色のつっかけサンダルに差し込まれていた。事前のやりとりで特に説明はされなかったが、あやっぱり、と腑に落ちるものがある。彼女はこの病院に入院しているのだ。

「もしかして具合、悪いの？」

ときどきニュースになるPCウイルスの厄介な後遺症でも発症したのかと、心配になって声をかける。黒川は目線を下げ、どこか説明に迷うそぶりを見せた。

「うん、ちょっと……色々あって疲れが出ちゃって」

「そう……そうなんだ」

ウイルス関連の病ではないらしいと、いくらかほっとして、続けた。

「とにかく、重症化しないで本当によかったよ。愛が無事で、嬉しい」

んん、と曖昧に頷き、黒川は自分の腕をさすった。見た目よりもワンピースの生地が薄く、肌寒いのかもしれない。依千佳の分の水を運んできた店員へ、どこか緊張した素振りで目を向ける。自分が来る以前になにかトラブルがあったのだろうか、と怪訝に思って顔を見るも、白い布マスクをつけた店員はまったく含みのない明るい声で、メニューの説明を始めた。

喫茶メニューでは、ワッフルが推されていた。今日はお腹の具合が悪いから、と黒川はハーブティーのみを注文し、だけど「おいしいよ」と依千佳には熱心にワッフルとドリンクのセットを勧めた。昼食をとっていなかったため、依千佳は彼女の提案に沿って苺のワッフルとホットコーヒーを注文した。オーダーが込んでいなかったのか、二言、三言会話するだけで、すぐに湯気を立てたコーヒーとワッフルの皿が運ばれてきた。

「おお、なんだか照れるね。家の外で顔を出すの久しぶり」

食事のため、マスクを外す。その慣れない動作に依千佳は思わず笑った。黒川はきょとんとまばたきをし、少し遅れて「ふは」とおかしげに喉を鳴らした。

堅めに焼き上げられたワッフルは温かく、食べ進むうちに自家製の苺のジャムとバターとバニラアイスが溶けて皿にピンク色のマーブル模様を描いた。

「あ、おいしい」

「でしょう。わざわざ病院の外から食べに来る人もいるんだって」

本人が言うように、けっして体調がいいわけではないのだろう。ハーブティーを飲む間も、黒川は体のあちこちをさすったり、なにかを考え込むように頭を揺らしたりと落ち着きがなかった。あまり長く病室の外に引き留めると、疲れさせてしまうかもしれない。依千佳はワッフルを半分ほど食べたところで、慎重に口を開いた。

「メールに書いてくれた、話したいことって？」

「ん？　うーん、うん」

黒川はカップの中の黄緑色の水面を数秒見つめ、唇を舌で湿らせてから切り出した。

「えっとね、すごく驚いたんだ。日本に戻って、正直しばらくはばたばたしてたから、ろくにニュースも追えてなかったんだけど、落ち着いた頃になんとなく新聞を読んでたら、ちょうどあの事件の裁判の経過をまとめた記事が載ってて……被告人の名前を見て、ひっくり返りそうになった」

「……うん」

それが多くの知人の反応だろう。そんな人間だったのかと驚き、疎まれ、距離を置かれる。改めて口にされると居たたまれない気分で、依千佳は自分の皿に目を落とした。

「でもさ、依千佳って正直、ズルするタイプじゃなかったじゃん。大学の頃、誰の代返もしてなかったし、講義もさぼらないし、なんなら教授の手伝いとかしてたし。だから、なにかあったんだろうなって。で、なにかあったなら、あれこれ噂を聞くより本人から聞いた方がいいと思ったんだ」

依千佳はじわりと頭が痺れるのを感じた。

裁判や報道を通じて、どうして、と一万回は問われた気がする。どうして、どうして、どうしてそんな馬鹿なことを、下劣なことを、醜悪なことを。しかしこれまで嫌悪や揶揄の色合いを感じたことはあっても、目の前の人間が本当に自分の答えを待っている、と感じた瞬間は一度もなかった。

口が、ほころぶ。泉のように喜びが湧き、心なしか目が潤んだ。久しぶりに会った同期の前で泣くのが嫌で、うつむきがちにコーヒーを飲む。慣れた苦みが舌を温めた瞬間。

――仕事。

その二文字が頭に浮かび、血の気が引いた。

「……その、聞いた方がいいっていうのは、ジャーナリストとして？」

「え？」

「っていうかどう考えたってそうだよね？　なに、ブローリン事件の真相を聞き出して来いって、どこかの媒体からお金でももらった？　昔の縁を利用して暴露本でも書くつもり？」

「依千佳、ちょっ、ちょっと待って」

「答えてよ！　この大嘘つき！」

まるで脳が炎で包まれたかのように、瞬時に視界が赤く染まった。自分でも愕然とするほどの怒りと悲しみが噴出し、体内で火災旋風のように暴れ回っている。痛い、なんだろうこれは。痛くて熱くて、まともに考えられない。荒ぶる炎は悲鳴じみた声で叫ぶ。――もう二度と騙されるものか！　もう二度と誰かに私を利用させるものか！

「依千佳、依千佳……」

――だってひどい、みんな私に押し付けた！　私はなにも悪くない、私は自分から悪いことなんて一つもしてない！

――ただ、言われた通りにしただけなのに！

「依千佳！」

体を揺さぶられ、我に返った依千佳は自分の頬が濡れていることに気づいた。喉が痛い。まるでずっと泣きじゃくっていたみたいに。

「依千佳、ごめんね、怖がらせたんだね。違うよ。私は依千佳のことを書いたりしない。もっと書かなきゃいけないことが別にあるから。そんなつもりで聞いたんじゃないの」

いつのまにかそばにしゃがんだ黒川に肩をつかまれていた。嗚咽に呼吸が刻まれ、うまく息が吸えない。ずきずきとこめかみに痛みを感じながら、依千佳は重い頭を左右に振った。

「……嘘だ」

「嘘じゃないよ。依千佳、私ね、ぼう、ぼう」

黒川は奥歯を嚙み、やがてそこからひびが入って体まで砕けていきそうな、本当に苦しそうな顔で言った。

「暴行を受けたの。知らない人に、後ろから傘で滅多打ちにされた。髪を……つかんで、物陰に引きずり込まれそうになって、振り払って逃げた。逮捕された犯人は、私が、こんなに人に迷惑をかけておいて平気な顔をして歩いているのが許せなかった、思い知らせてやろうと思った、って。……今でも混乱が、収まらなくて。体調を崩して入院したんだけど、頭の中もぐしゃぐしゃだから、治療の一環としてこれまでのことを、子供時代のことなんかも含めてゆっくり、順番に、なるべくいいとか悪いとか判断せずに書いていくことにしたんだ。……だから、依千佳のことを書く余力なんてない。私は、自分のことで精いっぱいだよ」

愛、と思わず依千佳はうめいた。反射的に伸ばした両腕を黒川の背へと回す。すっかり痩せた友人の体は、怖いくらいあっさりと腕に納まった。スウェット生地の奥から生温かい体温が湧き出ている。甘酸っぱい、米を炊く匂いに似た体臭。こんなに脆《もろ》くて柔らかいものが、痛めつけられた。

　あまりの衝撃に腕の力を抜くことができず、しばらく抱きしめていた。黒川は途中から目をつむり、静かに体を預けてくれた。


　入院病棟の七階は、外来受付やカフェレストランが入ったエントランスの喧騒が嘘みたいに思えるほど静かだ。一人部屋のマットレスに体を落ち着けると、黒川は深く息を吐いた。やっぱり少し疲れさせてしまったらしい。依千佳は病室の隅に置いてあった丸椅子を借りて、彼女のそばに座った。

　三分の一ほど開かれた窓から気持ちの良い風が入り、時々カーテンをふくらませている。ガラス越しに、穏やかな午後の日差しに照らされた都心の景色が見渡せる。

　ああ言える、と唐突に思った。

「なにが悪くてこうなったのか、本当はずっと分からないんだ」

　目を向けると、ベッドにあぐらをかいた黒川は先を促すように頷いた。

「良いことを……会社にとって、社会にとって、良いことをしてると思ってたし、自分のことも、周りにいる人たちのことも、悪い人間だとは思わなかった。いやだとか、やりたくないとか、思う瞬間があっても、それはみんなが我慢してることだから我慢するべきだと思った。……ほ、本当に一番怖いのは、この先、同じような状況に陥ったら、また私は同じことをするんじゃないかって、こと」

「……同じような状況って？」

「んん……自分の周りの正しさと、世間の、大多数の人が思う正しさが食い違ったとき、かな」

黒川は天井を見上げ、十秒ほど考えてからぽつりと言った。

「依千佳の正しさは？」

「え？」

「依千佳が、じっと一人で考えたときに、心の中に浮かぶ正しさ」

「……そんなの」

ただの、独りよがりじゃないか。私一人の考えに、意味なんてない。誰もついてこないし、微塵も社会を動かさない。私一人の考えが意味を持つのは、もっと会社で偉くなってからだ。組織の上に立った人間だけが、意志を実行できる――。

そう、会社の飲み会や同窓会の三次会でなら、迷わず、気持ちよく口にできただろう。言えなかったのは、黒川はおそらくそう思っていないと、まっすぐに流れる水のようなまなざしから、知れたからだ。

口ごもる依千佳から目線を外し、黒川は再び考え込むように、遅めのまばたきをした。

「その、自分の周りの正しさに、合わせなきゃ切り抜けられない瞬間がたくさんあるのは分かってる。でもその瞬間を切り抜けたら……もっと利己的に、自分が本当に感じる正しさに沿った行動や選択をした方がいいと思う。その方が、ストレスもたまらないし」

「これって、ストレスの話なの？」

「ストレスだけじゃなくて……うーん、変わるでしょう。身の回りも、社会も。それまで素晴らしいって思われていたことが、そうじゃなくなったり、よくわからないことで持ち上げられたり……ねえ、いきなり後ろから傘でぼっこぼこにされたり」

「いや、笑えないから」

「そういう目まぐるしく変わる世界で唯一、私たちの思い通りに動かせるものって自分の体と心ぐらいじゃない。それしか持ってないんだから、優先した方がいいよ」

気負いのない様子で口にする黒川を、依千佳はしみじみと眺めた。

「優先した結果、あなたはひどい目にあったのに？」

「違う、逆だよ。優先せず、自分の意志とはかけ離れたことをして殴られたら、きっと今より苦しかった」

「殴られるのが前提なの？　そういうのって、隙のあるなしじゃない。悪目立ちするとか、迂闊な行動をとるとか……私は、まあ、たくさん落ち度があったんだと思う。愛も、ほら、咳が出ていたのに、飛行機に乗っちゃったんでしょう？　そういう隙が」

「私は無症状だったよ」

黒川は歯の痛みでもこらえているような歪んだ顔で言った。

「……え？」

「私は島を離れるときなんの症状もなかった。発熱も、咳も。こちらに戻って検査を受けて、私も含めた数名がＰＣウイルスに感染してるって判明した。……だけど、無症状の人間が感染を広げるって情報は、社会をパニックに陥れるかもしれないって、国の偉い人から箝口令《かんこうれい》が敷かれた。でも情報は漏れたし、漏れるにつれて、どんどん不正確になっていった。いつのまにか、黒川が飛行機の中でも咳をしていた、島の診療所の取材をしていたんだからあいつが持ち込んだに違いないって話が広がった。その方が、分かりやすいから」

「衛生上の、重要事項に、箝口令？　そんなこと」

「ある。そういうこともあるよ。私たちが社会を信用してないように、国の偉い人だって社会を信用してない。相互に理性的な判断を期待するほど、対話をしてこなかった。そこに悪気なんてなくても、ひどいことはいくらでも起こるよ」

揺れの少ない平坦な声で言って、黒川は両腕をさすった。短く、誰にもつかむことができないほど短く切られた彼女の髪が、動きに合わせてかすかに震える。

「どうしてそんな、平気そうにしゃべっていられるの？」

「平気じゃないけど……でも、私の人生にはこういう問題が投げ込まれるんだって分かったから。淡々と、打ち返していくよ」

その打ち返すという行為の一つが、彼女にとって半生を書くことなのだろう。整理することで、コントロールできなくなった人生の舵を強く握ろうとしているのだ。

「依千佳はすごく好きなものとか、こういう生き方がしたいとかないの？　こうあるべきだとか、そういう社会の規範は横においてさ。子供の頃の夢とか」

慎重に問いかけられてふと、草の匂いが鼻先をかすめた。美しく安らかな、夕暮れの河川敷。

「……サーカスが、好きで。子供の頃に家族で見に行って、幸せな気分になったんだ。視界いっぱいに良いものが広がる感じとか……大勢の人や動物が協力して……そうだ、たくさんの人と協力して、もっとたくさんの人を喜ばせるようなことがしたいって、子供の頃は思ってた」

「依千佳ってすごいね。びっくりするほど素直」

まっすぐな賛辞が辛くなり、依千佳は短く目を伏せた。

「馬鹿なんだよ。恥ずかしい。考える力が、人より足りない」

「そんなことない。素敵なことだよ。でも……サーカス、サーカスかあ」

首を浅く傾げ、黒川は迷う素振りで口ごもる。

「なに、言って？」

「うん……私も好きだったよ、サーカス。象が好きだったな。女の人が象の鼻でブランコみたいに揺らされる芸がすごく楽しそうで、夢にあふれていて、わくわくした。でも、近年、動物を使ったショーは長時間の調教や過酷な飼育環境が虐待に該当するんじゃないかって問題視されてる。私たちがかつて夢中になった素晴らしいものは、素晴らしさだけで作られたものでは、ないかもしれない」

虐待。鋭い単語に胸を刺され、依千佳は言葉に詰まった。そんな。でも、なにかをもう知っている気がする。ああ、ダンボ。ディズニーのダンボだ。

ダンボがひどい目に遭ったのは、いじわるな調教師のせいだと思っていた。優しい調教師なら彼を幸せにしてくれる。だから優しい人間になって、ダンボに好かれたいと思った。

でも、そこにいる人間がいじわるか優しいかだなんて、曖昧な要素で対象の幸福が左右される、その構造自体に問題があるとしたら。

「そうか。間違いが、常にあるかもしれないんだ。私にも、周りにも、ぜんぶ」

美しい夢が割れて、代わりに小鳥ほどの重さの納得が胸へ落ちる。うん、と黒川は頷き、深く息を吐いた。こめかみを押さえ、かけ布団をめくってベッドに横たわる。心なしか、顔色が青い。

「疲れちゃった」

「ごめん、長居して。じゃあ」

「違うの。お願い、ちょっとだけ手を握っててくれる？」

丸椅子に座り直し、依千佳は黒川の手を取った。自分よりも体温の低い、薄くて柔らかな手だ。

「ありがとう。……うとうとしていい？」

「うん、もちろん」

「優しい人がそばで手を握っててくれるって、贅沢でいいね」

「私を優しい人って言うのは、もう日本で愛だけになっちゃったかもしれないけど」

枕に頭を預け、黒川は眠たげなまばたきを繰り返した。

「依千佳は、優しい人だよ。大学の頃はゼミも別で、そんなにつるんだわけじゃないけど、感じのいい人だっていうのはすぐに分かったし……昔、私が案内を出したＮＧＯに、二回ぐらい寄付してくれたでしょ？」

「あれ、知ってたの？」

「カメラの仕事がない時は、そこの事務を手伝ってたから。お礼状を送るリストに依千佳の名前を見つけて、ああそうか—依千佳らしいなーって。あれ、いくらメール送ったって、本当に寄付してくれる人はそんなに多くないんだ。だから……信頼できる優しい人だって、それからずっと、覚えてたよ」

ふう、と大きく息を吐き、黒川は目を閉じた。睫毛は伏せられたまま、呼吸が一定のリズムを刻み始める。

——裁判のあとも、あなたの人生は続くんです。

唐突に、峰木の発言が耳によみがえった。かつてそれを思ったときとはまったく別の意味を持って。そうか、こんな風に続いていくのか。キャリア、自尊心、将来の保証、そんな必死に握りしめていたすべてをなくして、それでもまだ、よく晴れた初夏の日に友達の手を握る時間が、あったのか。

黒川の眠りが深まるのを待って、依千佳はそっと手を外した。

実家に戻ると、郵便受けには茶封筒が差し込まれていた。

宛先は、片桐依千佳様。依千佳の名前と実家の住所を印刷した、シンプルな宛名シールがぺたりと貼り付けられている。封筒を裏返しても、差出人の情報はない。

予感がした。意識が急激に尖《とが》り、うなじに小さな電流が走る。封を破ると、中には書類が一枚入っていた。

ＮＮ製薬の関連工場より、経理部門のマネージャーとして採用したいとの通知だった。面談の候補日が記されている。「お手すきの際にメールでも電話でも、ご都合のいい方法で一度ご連絡頂けますと幸いです。片桐様からのご連絡をお待ち申し上げております」そんな丁寧な文面に、書類を持つ手が震えた。

会社は、やっぱり私を見捨てていなかった。

足の裏から脳天まで突き上げる喜びに、叫んで、泣いて、その場でしゃがみ込みそうになる。しかし激情があふれる一瞬手前、歓喜で茹だった脳を切り裂くように不快な悲鳴が木霊《こだま》した。

——ただ、言われた通りにしただけなのに！

急に印刷された明朝体の文面が読み取れなくなり、代わりに書類の余白に目が吸い寄せられた。真っ白い闇だ。みるみる広がり、周囲の景色を飲み込んでいく。

目の前に美しいサーカスのテントが現れ、入り口の幕が音もなく開いた。

＊

ちりん、と店のドアについている小さな鈴が鳴った。

「いらっしゃいませ」

レジ裏にしゃがんで入荷したばかりの茶碗の検品をしていた仁胡瑠は、強ばった腰を叩いて立ち上がった。

先々週、同じ商店街にあった金物屋が店主の高齢を理由に閉店し、近所に食器や掃除道具などの生活雑貨を扱う店がなくなった。それらを買うには三駅離れたデパートか、車を出して隣町のホームセンターに向かわねばならない。手すりやつり革を介して感染が広がるのではないかと、電車に乗るのも不安が募る時期だ。このままでは不便だと住民から要望が集まり、仁胡瑠の実家の電器店は、家電の周りに関連する生活雑貨を置くことにした。洗濯機の周りには洗濯ネットや物干しざお、炊飯器の周りには茶碗やしゃもじ、一通りの食器類、ガスコンロの隣にアルミの両手鍋、といった具合だ。最終的には食い物以外なんでも置くことになりそうだな、と仁胡瑠の父親はぼやき、しかしそれを受け入れている風でもあった。

もしも感染防止を配慮する暮らしが長く続くなら、今までのように欲しいものは都心に出て調達する社会から、こうした小さな町でも欲しいものがある程度そろうような社会に変わっていくのかもしれない。それはそれで商売のやりようがありそうだな、などと思いつつ、仁胡瑠は実家の電器店を手伝う暮らしに慣れ始めていた。

だからこそ、店に入ってきた見覚えのある男の姿に啞然とした。

「え、なんでここにいるの？」

最近流行りの、水着の生地が使われたマスクをつけて立っていたのは、堂島だった。眩しいオレンジのタイダイ染めのTシャツにチェーンのネックレスを合わせていて、派手な服が好きな様子は変わらない。手には箱型の商品が入った紙袋と、重たげなスポーツバッグを持っていた。

二十代の頃、彼が経営するセレクトショップに自作したアクセサリーを置かせてもらっていたが、ポーラスターでブレイクしてからは仕事上の接点がなくなっていた。実際のところ堂島から幾度か若手のハンドメイド作家を集めた飲み会や交流会の誘いが届いていたのだが、仁胡瑠は返事をしなかった。お互いの能力を認め合う相手ならともかく、ただ漫然とした馴れ合いの場に行ったってマイナスにしかならないと面倒くさく思っていた。

「なんでもなにも、仕事だよ。事務所畳んで実家に帰ったって本当だったんだな。あ、これ、おうちの人と食って」

そう言って堂島は最近渋谷で流行っているらしい、アマビエという妖怪の形の人形焼きの包みを差し出した。

「……なんで堂島さんが人形焼きを持って、わざわざうちに、仕事で来るの？」

「それはもちろん、仕事を頼みたいからさ。——実は、問い合わせがひっきりなしに来るんだ。NICOLのアクセサリーはないのかって。最近じゃ中古市場でも馬鹿みたいに値上がりしてるし、なんか作ろうぜ。せっかく稼げるのにもったいない」

「問い合わせ？　堂島さんのところに？」

「おう、そりゃもうレンタルボックスコーナーにでっかい張り紙があるからな。あのNICOLの初期作品を展示したボックスです、次のNICOLは君だ！　って」

ふわりと込み上げた懐かしい苛立ちに、思わず仁胡瑠はこめかみを押さえた。そうだ、この人は、こういう無神経さのある人だった。

「……私、そういう堂島さんの俗っぽいところ昔から嫌いだった」

「俺はむしろ、仁胡瑠のそういう人間の俗っぽさを馬鹿にするところがダメだと思う」

「馬鹿になんか」

「してるよ。自分の俗っぽさも、他人の俗っぽさも。芸術がどうとか文化がどうとか、そういう高尚な理由だけじゃなく、もっと簡単な理由で人は動くんだ。金とか名誉とか色恋とかな。そのエネルギーを侮るから、足をすくわれる」

「なにが言いたいの？」

さあな、と堂島はどこか含むもののある憎たらしい調子で言って肩をすくめ、レジカウンターの上にスポーツバッグを下ろした。

「まあとにかく、これを見てくれ。中東の商品を扱う業者から入ってきたんだけど、確実にこれから流行ると思う」

バッグから取り出されたのは、仁胡瑠が見たことのない種類のビーズだった。南国の海を思わせる澄んだ藍色、秋の夕焼けのような黄金色、咲いてまもない鳳仙花《ほうせんか》の薄紅色など、インパクトのある鮮やかな色をしている。そこまでは腕のいいガラス工房なら珍しくもない技術だが、ビーズの内部にはラピスラズリを想起させる品の良い小粒の輝きが無数に封じ込められていた。

「なんでもトルコで最近作られ始めた、加熱すると発光する珍しい貝の粉を使ったビーズらしい。加工も容易、しかも安価だ。どうよこれ」

仁胡瑠は返事ができなかった。あまりに美しいビーズの輝きにみるみる脳が侵されていく。堂島の声は聞こえず、自分がどこにいてなにをしていたのかも忘れた。反射に等しい速度で頭の中でいくつもの歯車が噛みあい、仁胡瑠にも全貌がつかめない、未知の運動を始める。

「――革紐……ううん、むしろ輝きをそろえて、シルバーと合わせた方がいいのかもしれない」

「光り過ぎてうるさくならないか?」

「それなら、絹糸。九州の工場で作ってた、とろっとした光沢のあるやつ。色はシルバーを中心に、グレーやインディゴ、ゴールドもすごく合うと思う。シンプルなブレスレットとか、リングとか」

「なるほど、確かに合うかもな。——客層のイメージは?」

「んー……いや、ちょっと待って」

歯車がなめらかに回転している。作品を作るのに必要な素材であったり工程であったりが次々と浮かび、順序良く整理されていく。

その先を思った途端、軽い吐き気を感じて仁胡瑠は口元を押さえた。

「私はもう、アクセサリーは作らない。……作れない」

「貝原さん絡みか?」

仁胡瑠は答えず、目をつむる。堂島はそっけなく硬い声で続けた。

「貝原塔子に惚れてたんだろう? だけどうまくいかなかった。それだけの話じゃないか。事務所の閉鎖だの、仕事を辞めて実家に引っ込むだの、どうしてそんな大げさにする必要がある」

「ああほんと、堂島さんのやっすい世界観で私を測らないで。私とあの人の関係は、そんなものじゃなかった」

「運命のパートナーってか? 噂で聞いたよ、くっだらねえ」

堂島は嫌悪をあらわに鼻で笑った。

「仕事を人質に、相手が職業的に差し出したサービス以外のものを強奪しようとすることをハラスメントっていうんだ。仁胡瑠が貝原さんにしたのはそういうことだ」

「ふざけないで、誰がハラスメントなんか」

「貝原さんがいないと作れない、だぁ？　違うだろ、あんたはあの人に拒まれて、それを認めたくないから仕事を、ポーラスターを、ＮＩＣＯＬを絞め殺したんだ。貝原さんがそれだけはやめてって泣いて帰ってくることを期待してな」

「違う、そんなことしてない……そんな」

重ねて否定しようとして、言葉に詰まる。口に入った砂粒のような、小さく不快な、無視することのできない感覚を思い出す。

美術館で初めて貝原に会った時に感じた、引力。

あの人を驚かせたい、喜ばせたい、そのためならいくらでも努力ができる。あの衝動を、敬意を、どうして後任の乙友には微塵も抱くことができなかったのだろう。乙友は、新たなビジネスパートナーになろうと努めていた。着任してから彼女のふるまいに瑕疵《かし》は一つもなかった。

それなのに自分は、乙友のマネージャーとしての能力を、確かめようとすらしなかった。

それは自分が貝原に差し出してきた敬意が、職業的なものではなかったからなのか。

貝原に対して抱いた感情が、本当に恋心だったかは分からない。ただ、自分は本当に、貝原と「仕事」をしていたのだろうか。

堂島は顔をしかめ、嚙みしめるように言った。

「人を好きになることのなにが悪いよ。仕事だの芸術だの、高尚ぶった建前で人を縛るくらいなら、堂々とアプローチすればよかったんだ。それで振られたって、関係が終わるわけじゃない。仁胡瑠が貝原さんの結婚式のスピーチをしたり、貝原さんの人生の節目をＮＩＣＯＬのアクセサリーが彩ったり、そんな未来があったかもしれない。……そうだろう？」

仁胡瑠は言いようのない胸苦しさを感じて目をつむった。もうありえない美しい未来へ向かう道を、選べなかった。けれど選べなかった理由にも心当たりがある。――ものだけ作って生きていきたい。高潔で、純粋な、いつまでも他人と交わらない特別な虎のままでいたい。それこそ恋愛よりよほど俗っぽい自意識に縛られていた。

でも、その幼稚で頑なな自意識を手放したとき、本当に自分はＮＩＣＯＬのままでいられただろうか。

「……仁胡瑠はまだ若いし、恋人や家族が一番インパクトのある関係性に見えるかもしれないけど、それ以外の関わりも、同じくらい奇跡的で、いいものよ？」

いつのまにか説教をする堂島まで、なにか思い出すことでもあるのか肩を落としている。しみじみとした物言いに、仁胡瑠は思わず苦く笑った。

「堂島さんにも、そういうことがあるの？」

「そりゃあんたより一回り長く生きてるんだから、色々あったよ。少し前に、めでたくバツ二になったし。まー、色恋とはまた違った関わり方ができるところが、仕事上の付き合いの面白いところだ。千葉の奥地まで、くそ重たいビーズを担いで、古い馴染みの顔を見に来たりな」

「すいませんね。奥地まで、わざわざ」

「それで、作ってくれるんだな？」

「いや、うーん」

「というか、作ってくれないと困るんだ。一ヶ月後、都内で俺も運営に一枚嚙んでるフリーマーケットがあってさ。三百店ぐらい出る結構デカいやつなんだけど、客寄せにＮＩＣＯＬとして出店して欲しい。ポーラスター……はまずいだろうし、個人でやってた頃の『lapis』名義でいいから」

「こんな時期に三百店とか、自殺行為じゃない？」

「青空フリマなんだ。悪天候に備えて予備日も設けて、熱中症対策もして、感染対策で一つ一つのスペースの距離をとって、客同士が近くならない動線を模索して……試行錯誤だよ。でも、やっていくしかない」

「なるほど、うん」

つい、頷いてしまう。すると堂島はにっこりと愛想のいい微笑みを浮かべた。

「イベント後に在庫が残ったらうちの店で引き取るから、最低でも二百は作ってくれ。もちろん、出店費はサービスしとくよ」

なにげなく添えられた一言に仁胡瑠は目を剝《む》いた。

「出店費？　……え、ビーズ代は？　まさか」

「まさか！　よっぽど貝原さんに甘やかされてきたんだな。もうバブルは終わったんだ。市場にほとんど出回ってない輸入ものの上等なビーズを、ただで渡せるわけないだろう？　一個五十円で、二千個あるから十万、と言いたいところだが、長い付き合いだ、九万に負けておくよ」

堂島は一切表情を乱さず、微笑み続けている。仁胡瑠は呆然と、大量のビーズが詰め込まれたバッグを見下ろした。

「なに、押し売り？」

「ひどい言い方だな、これは絶対に仁胡瑠の創作欲を刺激すると思って、わざわざ取り寄せたのに」

「はい嘘。ぜったい嘘。はあ？　わざわざ堂島さんがそんなことするわけ……あ、分かった。もともと別件の依頼で取り寄せたんだ。だけど届いたら想像以上に癖が強くて使えなかったんだ。このビーズの光り方、画面越しだと分からなさそうだもん」

「いやいやそんな……傷つくな、古い馴染みが困ってるようだから手助けしようって、親切心なのに」

「なにが『色恋とはまた違った関わり方ができるところが、仕事上の付き合いの面白いところ』だよ。ただ持て余したアイテムを押しつけに来ただけじゃないか」

「でも、気に入っただろう？」

得意げに言われて、仁胡瑠は言葉に詰まる。確かに、見ただけですぐにインスピレーションが湧く素材は久しぶりだ。しかしこのままでは、堂島の言い値で引き取ることになってしまう。

「トルコ産の新作ビーズ……で、しかもまだあまり日本で流通してない商品ってことは、仲介したのは浜木綿《はまゆう》さんかダーマードさんだよね。ちょっと、久しぶりに世間話でもしようかな」

どちらも貝原を経由して過去に取引したことがある業者だ。スマホを取り出して番号を探すと、堂島がその手を押さえた。

「分かった、八万でいい」

「卸値はどのくらいかな。気になるなあ」

「七万五千」

「まあ出せて、一粒二十円ってとこかな」

「四万？　冗談だろ」

「こんな癖の強いビーズ、ダサく見せずに使えるのは私ぐらいだと思うけど。他に売るあてあるの？　ないからこんな奥地まで担いできたんでしょう？」

「大きく出たな。これで舐めたもん作ったら承知しないぞ。……七万」

「四万五千」

「くそ、六万七千」

「刻むなあ。もう大体の落としどころは分かってるくせに。私は堂島さんにこのビーズを持って帰ってもらって、直接あの二人に電話したっていいんだ」

「……六万」

「しょうがない、六万円で引き取ってあげる。代わりにフリマの当日、会場まで車出してね」

「ああもう、分かったよ」

苦々しい溜め息を漏らす堂島に金を支払い、仁胡瑠はビーズを受け取った。堂島は軽くなったバッグを肩に引っかける。

「追加で必要なものがあったら声かけてくれ。それじゃあ」

「あ」

仁胡瑠はカウンター越しに腕を伸ばし、とっさに堂島のTシャツをつかんだ。

「待った、忘れてたけどやっぱりだめだ！　私、家族の同伴がないと家を離れられないの。都内なんてなおさらだめ」

貝原との約束を破ることだけは死んでもできない。

冷や汗を掻きつつ訴えると、店の扉が開いた。姉の依千佳が、心ここにあらずといった呆然とした顔で入ってくる。ずっと部屋で塞ぎ込んでいたので心配していたが、今日は珍しくどこかへ出かけたらしい。白いブラウスに七分丈のデニム、足元にはレモン色のパンプスを合わせている。手紙でも届いたのだろう、封を切った茶封筒を手にしている。

入店してやっと堂島に気づき、依千佳は背筋を伸ばした。

「あ、どうも。お客様……なのかな？」

Tシャツの裾をつかまれた男が、店の客なのか妹の友人なのか判断できなかったのだろう。なんとなく居たたまれない気分で、仁胡瑠は堂島から手を放した。

「客じゃないよ。堂島さんっていう、私の仕事関係の人」

「それは、どうも。仁胡瑠がいつもお世話になっています」

いかにもこうした応対に慣れた様子で、依千佳はなめらかに頭を下げた。

「堂島さん、こちら、姉の依千佳」

「へー！　お姉さん。どうもどうも」

片手をひょいと浮かせ、如才なく堂島も挨拶を返す。軽薄な微笑を浮かべたまま、堂島は依千佳に切り出した。

「ちなみにお姉さん、来月の六日の土曜日ってお暇ですか？」

え、と言葉を詰まらせ、依千佳が目を見開く。仁胡瑠は慌てて口を挟んだ。

「堂島さん、なに勝手なこと言ってんの！」

「だって家族の同伴が必要なんだろう？　ちょうどいいじゃないか。イベント、楽しいぜ？　屋台も出るし、生バンドの演奏もある。お姉さん、そういうの好き？」

「ああ……でも私、あまり人前は」

過去の報道を気にしているのだろう。返答に迷う姉を見ながら、仁胡瑠の脳裏には一つの景色が浮かんだ。

懐かしくてのどかな、あれはどこだっただろう。屋台があって、音楽が流れていて、賑やかな場所で――その場所を、依千佳はとても好きだと言っていた。

「やっぱり行こう、依千佳。うん。堂島さん、二人で行くよ。引き受けた」

「おう、んじゃ参加者二名で登録しとくな」

仁胡瑠はレジを出て、姉の手を強く握った。

「一緒にいるから、大丈夫だよ」

「……それ、私のセリフでしょう？　同伴が必要なのはあんたなんだから」

呆れたように言って、依千佳は軽く肩をすくめた。

＊

フリーマーケットが催される臨海公園へ続く道路は、朝から大混雑だった。全国から駆けつけた出店者たちの長い渋滞をこらえ、開場一時間前にやっと公園の駐車場に滑り込む。堂島のワンボックスカーから降りるなり、依千佳はおえっと小さくえずいた。

「……寝不足で吐きそう」

「寝ながら来ればよかったのに。なんで寝なかったの？」

同じく車から降りた仁胡瑠は、平気な顔で後部に積んだ荷物を下ろし始めた。朝方まで作業していたのは依千佳と変わらないが、妹は車の助手席に乗り込むなり頭をシートベルトの収納部分に押し付け、五分も経たないうちに眠っていた。二時間の移動時間で、しっかり体力を回復したらしい。目元の隈までなくなっている。

「胃が気持ち悪いのと、なんだか目が冴えちゃったのとで、眠れなかった……」

「午後になったらだいぶ客足も落ち着くし、スペースの端で軽く寝てなよ。それじゃあ俺、もう行くな。二人とも頑張れよ！」

運転席から降りた堂島はそう言って、車のキーを仁胡瑠に渡した。さっそく業務連絡が入ったらしく、スマホを耳に当てて慌ただしく去っていく。

「さー、セッティングセッティング。依千佳、キャリーケースと下に敷くシート持ってきてね」

仁胡瑠は商品を陳列するミニテーブルを左右一つずつ小脇に抱え、人の流れに乗ってさっさと歩いていく。依千佳は持参したペットボトルの麦茶をぐっとあおり、マスクをつけて後に続いた。

メイン会場にあたる芝生広場ではすでにたくさんの出店者たちが店を構え、商品を広げ始めていた。依千佳たちも青々と輝く芝生にビニールシートを広げ、テーブルや陳列棚をセットし、値札を付けたアクセサリーを並べていく。

正直なところ、安易に手伝いを引き受けなければよかったと思うほど、今日までの準備は大変だった。

依千佳がまず頼まれたのは、堂島から買い取ったビーズを検分することだった。「ライトを当てて回転させたときに表面にこういう色が出るやつだけ選んで」という指示に従って二千個のビーズから七百個を選り抜き、さらに仁胡瑠がチェックしてそれを三百個にしぼった。手持ちのパーツではこれとこれが足りないと使いに出され、手に入らなかったものは自作するからまたこれとこれを買ってきてと頼まれ、一人では外出できない仁胡瑠の代わりに繰り返し問屋街を訪ねた。

そうするうちに堂島からイベントのフライヤーに掲載する写真やコメントを送るよう催促され、「写真なんて個人で持ってない」「ぜんぶ事務所が管理してた」と無造作にスマホで自撮りしようとする仁胡瑠を慌てて制止し、個人のプロフィール写真を得意とするカメラマンを探し、服を買い、美容院を予約し、身支度を整えさせて撮影してもらった。コメントなんて自分で書いたことがない、という仁胡瑠の代わりに穏当なコメントを用意し、写真のデータと一緒に堂島へ送った。フライヤーが配布されてからはあれこれと仕事関連のメールが入るようになり、対応していた仁胡瑠が次第に余裕をなくしていったので、途中からメール業務も代行した。

製作に入ったあとも「これと同じサイズでもう少し赤みの強いオパールがクローゼットのどこかにあるはずだから探してきて」だの「貝粉ビーズの黄色いの一つ、青いの二つ、パールの花びら七枚、昨日教えた留め金具と合わせて十三セット用意して」だの「この小皿に入ってるやつぜんぶこのピンに通して」だの、頼まれることは無数にあった。途中で様子を見に来た堂島が、完成したアイテムを外に持ち出して白布の上に並べたり、持参した貝殻や小皿などに乗せたりして写真を撮った。イベントのホームページに使いたいと打診され、使用料を相談して請求書を出した。

「SNSでもなんでもいいから、イベントの開催日までにリアルタイムのブランドの情報はここで見ればいいんだなって分かるプラットフォームを作っておいた方がいいぞ」

余裕はなくとも、堂島からそんなアドバイスを受けたら支度せざるを得なかった。ホームページのデザイナーを探し、慣れない交渉に苦労しながらオンラインの打ち合わせをして、正式に依頼した。気付くと手元には領収書の山ができていて、経理もやらないとまずい、と頭を抱えた。その辺りで、こんなのタダではありえない、と文句をつけて、仁胡瑠から自分への日給を支払わせることにした。その方が自分の仕事の精度も上がるし、帳簿の数字もより健全になる。

大きな混乱の中、頼まれた二百個のアクセサリーはイベントの前日にようやく最後の一つが完成した。そこから当日の準備に追われ、昨夜は二人ともろくに寝ていない。

「こんな状態で接客なんてできるかなあ……」

「まあでも展示会とか個展の前とか、いつも余裕なくてこんなもんだよ。とりあえず今日はアドレナリン出てるから大丈夫。たぶん明日は死んでるけど」

造花やレースで商品の周囲を整え、試着用の鏡も設置する。すると、店の前に人が立った。

「あの……NICOLさんですか？」

声をかけてきたのは、フェミニンな格好をした二人組の女性だった。年頃は仁胡瑠よりも一回り下ぐらいだろうか。手作りらしい布マスクをつけた彼女らは落ち着きなく頬や髪を触り、もじもじしながら切り出した。

「えっと、私たち隣の店のものなんですけど」

「ああ、どうも。今日はよろしくお願いします」

仁胡瑠はにこやかに挨拶を返す。すると二人はわっと声を上げ、お互いの肩を叩き合った。顔が、赤い。うっすらと涙ぐんですらいる。

「私たち、NICOLさんに憧れてハンドメイド始めたんです。ずっとファンで。だから、すみません、舞い上がっちゃって……」

「いえ、ありがとうございます。嬉しいです」

「これ、全部新作ですよね？　開場前に少し買わせてもらってもいいですか？」

「どうぞどうぞ」

依千佳が差し出した消毒液で両手を洗浄したあと、二人は陳列したばかりのアクセサリーをつまんで眺め始めた。一人はブレスレットとリングを、もう一人はピアスを二つ選んだ。会計をして、上機嫌で去っていく。

そして気が付けば、二人の背後にはすでに十人ほどの列ができていた。まだお客は入っていないのだから、みな近隣の出店者だろう。嬉しそうに、照れくさそうに仁胡瑠に声をかけ、次々に新作を買っていく。中には、過去に買ったのだというＮＩＣＯＬのアクセサリーをわざわざ着けてきてくれている人もいた。

「作風、変わったんですね。こういうファンシーなのもかわいい」

「二年前の限定ブレスレット、今でもしてます」

「もう前みたいに他のアーティストとのコラボはやらないんですか？」

「また通販で買えるようにしてください」

マスクを通した様々な声かけに、仁胡瑠は安定感のある声と口調で答えていく。依千佳はその傍らで、慌ただしく会計と袋詰めに徹した。

開場までに二十個のアクセサリーが売れただけでも依千佳にとって充分な驚きだったが、開場後も客の列は途切れず、息をつく暇もない忙しさとなった。商品は並べる端から手に取られ、陳列棚がほとんど意味を成さない。まとめ買いしようとする客も現れ、それはちょっとと仁胡瑠が止めて、お一人様三つまで、とテーブルに張り紙を用意した。

九時の開場から三時間が経つ頃には、百二十個を超えるアクセサリーが売れてしまった。一番安い六千円のピアスはもう数えるほどしか残っておらず、次に手に取りやすい八千五百円のブレスレットも在庫が心もとない。

「どうよ調子は」

ちょうど小腹が空いたタイミングで、堂島が顔を出した。店から離れられないことを見越していたのか、二人分のケバブとポテト、ドリンクを差し入れてくれる。依千佳が礼を言ってそれを受け取る間、仁胡瑠は在庫を入れた紙袋の口を開いて堂島に中を見せた。おう了解、とあっさり頷き、堂島は店をあとにする。

紙袋を抱えた妹の横顔がわずかに強ばっているように見え、依千佳は一瞬、声をかけるのをためらった。

「仁胡瑠？」

「ん、なに」

振り向いた妹は、いつも通りの愛想のない淡泊な目つきをしている。気のせいか、と思い直し、依千佳は紙に包んだケバブを仁胡瑠へ渡した。

午後になって客足はいくらか落ち着いたものの、商品は断続的に売れ続け、閉場まで一時間を残した午後四時には用意したすべてのアクセサリーが売り切れてしまった。二人はテーブル以外の備品を片づけると「完売しました」とメモを残して中座し、売り上げ金を近くの銀行から仁胡瑠の口座に振り込んだ。ついでに近くのコンビニで依千佳はウエットティッシュを購入した。先ほどケバブを食べたときに、手がべたべたになって困ったからだ。仁胡瑠は暇つぶしにと言わんばかりの気だるい仕草で、ラックに入っていたファッション誌を一冊買っていた。

会場に戻り、二人でぶらぶらと他の店を見て回った。依千佳はアンティーク雑貨店で文鳥の形をした陶製の水笛を買い、仁胡瑠は古着屋で太めのベルトとキャスケット帽を買った。途中で行き当たった屋台で串焼きやじゃがバター、大きなプラスチックのコップになみなみと注がれたドリンク類を買って、自分たちの店へ戻る。

「お疲れ！　いやもう、びっくりしたわ」

生ジンジャーエールで喉を潤し、依千佳は上機嫌で切り出した。いつしか眠気は吹き飛び、代わりにふとした刺激で笑いが止まらなくなりそうなハイテンションの渦中にいた。

「私はほんとに有名人と暮らしてたんだねえ。信じられない。仁胡瑠に会っただけで泣きそうになってる人がたくさんいたじゃない。こういうビーズがメインのアクセサリーで六千円から一万円台ってそんなに安いわけじゃないし、一日で二百個も売るなんて半信半疑だったけど、本当に売り切れちゃうなんて……すごいなあ」

久しぶりの労働に全身が心地よく疲れ、頭がふわりと軽くなった気がする。屋台特有の大雑把で味の濃い料理も、氷がやたらと入ったドリンクも、外で食べると本当においしい。広場の中央に組まれたステージでライブが始まったらしく、穏やかなギターの旋律と、ハスキーで力強い女性ボーカルの歌声が風に乗って流れてくる。

端っこが焦げた串焼き肉を嚙みきり、膝に広げたファッション誌のページをめくりながら、仁胡瑠は口をへの字に曲げた。

「別に、有名人って胸を張って言えるほど、有名じゃなかったよ。ただあの時期はハンドメイドがブームだったってだけで。値段は、前に出してた商品の三分の一なんだから、そりゃ売れるよ。むしろ完売までずいぶん時間がかかって、恥ずかしかった」

「なに言ってるの！　まだ終わりまで一時間あるのに商品がなくなって、残念がってるお客さんがいたぐらいなのに」

「ポーラスター……あの、私が一番商品を卸してた通販サイトね？　あそこのオープンの日は、商品が今日の三倍の価格帯で、二時間で三百個売れたんだ。それから毎月、三十個のアイテムが十分ともたずに売り切れてた。もちろん通販とフリマは比べられるものじゃないし、景気が悪くなったこと、私のイメージが変わったこと、色んな要素があると思う。ただ、一つ言えるのは……ＮＩＣＯＬのブームは終わりつつあるんだよ。お父さんの熱帯魚と同じ。お客さんたちは次の、キラキラした、傷が一つもついていないアイコンを追いかけ始めている」

淡々と口にする仁胡瑠は、依千佳が一度も見たことがないほど静かな顔で、雑誌の誌面に目を落としている。妹が自分ほど現状を喜んでいないことに妙に心がささくれ立ち、依千佳は強い口調で言い返した。

「なんでそんなに悲観的なの？　確かに昔はものすごいブームだったけど、今日のお客さんの反応だって充分すごいし……ねえ、あんた贅沢だよ。こんなにたくさんの人に迎えられて、感謝されて、堂島さんだって仕事を頼むためにわざわざ実家まで来てくれたんでしょう？　あ、あんな事件を起こしておいて、そんな風に周囲から大事にしてもらえるのは絶対に当たり前のことじゃない！　この状況に文句を言うなんて、なにか勘違いしてる……」

口を動かすにつれ、青暗い悲しみで胸が塗り潰されていく。同じように醜聞を起こし、同じように社会的なバッシングを受けても、自分と仁胡瑠ではそもそもの足場がまったく違う。自分は居場所をなくし、彼女は規模こそ変われど居場所は確保される。その規模だって、普通の人間から見れば羨ましいほど豊かなものだ。

仁胡瑠は目を見開き、まるで素材の細部を点検するようにまじまじと依千佳を見た。

「ねえ、依千佳はなんのために働いた？」

「……え？」

「あんなに苦しそうに言い訳をして、体を張って、それに見合う素晴らしいものは手に入った？」

周囲の物音が遠ざかる。仁胡瑠の薄茶の瞳が、昨晩たくさんのアクセサリーに使用した琥珀《こはく》の一粒のように光っている。

——依千佳の正しさは？

——依千佳が、じっと一人で考えたときに、心の中に浮かぶ正しさ。

口の中に苦みが広がり、依千佳は顔をしかめた。不思議そうに姉の表情の変化を眺めていた仁胡瑠は、ふっと人の流れに目を向けた。目の前を、真っ黒いリクルートスーツを着た若者の集団が通り過ぎる。ＰＣウイルスの影響で経済が大きく減速し、中小企業の倒産が相次いだことから、今年の就活は大企業志向が強まっていると聞く。知った顔でも混ざっていたのか、仁胡瑠はスーツの群れを目で追った。

「私は、流行りの人で終わるのが嫌だった。時代を超えた本物のブランドだけが知っている、もの作りの核心みたいなものに触りたかった。そういう領域があると信じてたし、どうしてもそこに行きたかった。そのためなら……誰に、なにをしても、いい、それが当たり前なんだって、いつのまにか思ってた」

「仁胡瑠」

「もう、どうしようもない」

ひとひらの悲しみすら表に出さない妹の横顔は、中途半端な共感や慰めをはっきりと拒んでいた。依千佳はなにも言えずに口をつぐんだ。

帰りも堂島の車に乗せてもらうことになっている。彼の仕事が終わるまで、二人は自分たちのスペースで待つことにした。フリーマーケットは終盤に差しかかり、早いところでは店じまいをしている。渋滞が始まる前に帰るつもりだろう。他に、長時間の運転に備えてか、スペースの奥で横になっている参加者の姿も見られる。

興奮が冷め、胃が満たされると、依千佳は途端に体が石のように重くなるのを感じた。疲れがピークを越えて頭痛がする。すると、仁胡瑠は羽織っていた前開きのトレーナーを脱いで依千佳に差し出した。

「寝てなよ、堂島さんが来たら起こすから」

「うん、ありがとう」

動きやすいパンツルックで来て良かった。自分のカーディガンを丸めて枕代わりに、仁胡瑠のトレーナーを布団代わりにして横になる。ビニールシート越しの地面の隆起を感じつつ、深く息を吐く。全身の感覚が鈍く、指先がしびれていた。

帰ったらまだやることはあるけれど、とりあえず一息ついた安心感で体が満たされている。本当に本当に忙しかった。そのかいがあって、たくさんの人に喜んでもらえた。今日、店先に来てくれたお客さんたちは誰もが幸せそうだった。働いたな、としみじみ思う。初めは仁胡瑠があまりに作品製作以外のことができないので驚いたけれど、あれはむしろ、他の物事に意識を振り分ける習慣がない、ということなのだろう。彼女が過去に所属していた会社の人たちが、よっぽど丁寧に――もしくは、過保護なくらいに――彼女をケアして、力のすべてを製作に注がせてきた証拠だ。おかげで仁胡瑠は従来のファンを失望させない優れた商品を作り出し、役割を果たした。

一ヶ月に満たない短い期間だったけれど、仁胡瑠が製造を担う工場だとしたら、自分は主に総務や経理を、堂島は営業を始めとする外向けの業務を行って、三人でちょっとした会社のような動き方をしていた。三人で、うまく嚙み合って機能できて、楽しかった。

誰かと働くことが好きだ。

この期に及んでそう思い、依千佳は顔をしかめた。サーカスの入り口がまぶたに浮かぶ。怖い、ととっさに思う。まだ私は懲りないのか。馬鹿な夢を、諦められないのか。

脳がぴりぴりと興奮していて眠れない。なにか、自分の罪だとか、働くことだとか、そういうものとは無縁の、リラックスできる楽しい物事を考えたい。

先ほど仁胡瑠が読んでいたファッション誌が、ほんの数十センチ先に放置されているのが目に入った。依千佳は指を伸ばして雑誌を引き寄せ、寝転がったまま緩慢にページを開いた。おいしそうな食べものや美しい服、カラフルな輸入雑貨など、脈絡なく目に飛び込んでくる明るい情報に、少し脳の緊張がほどける。

適当にページをめくっていると、ジュエル賞、と聞き覚えのある単語が目に入った。時々ニュースで流される、旬の芸能人に贈られるファッションの賞だ、たしか。ここ数年の受賞者や、受賞ブランドを紹介した特集記事のようだ。私たちの価値観の移り変わりが――ブームの指標となる――今年も素晴らしいブランドが――ドレスアップした俳優たちの装いを――そんな断片的なフレーズを流し読みする。これまであまり意識したことはなかったけれど、この年はなぜこの俳優やブランドが受賞したのかなど、審査員たちの丁寧なコメントが紹介されていた。結構ちゃんとした賞なのだろう。

――ファッションには作り手の思想が反映されます。バブルは、周囲との調和をまるで考えない自分勝手な考え方を流行らせました。この賞も広い視野を失い、ただ個性個性とバランスを考えずに主張する思想を肯定した回がありました。しかし私たちは今こそ自省し、熱狂の陰で私たちが失った理性を取り戻す時期にさしかかっています。今回選ばれたブランドはそうした理性の先駆けとなるもので……。

審査委員長だという有名デザイナーの、いかにも眠気を誘いそうなややこしい文章を目でたどる。ささくれ立った意識がなだめられ、次第に周囲の物音が心地よくなってきた。速度の違う様々な足音、楽しげな話し声、鳥のさえずり、子供のぐずり、ビニール袋の摩擦音。平和とか幸福とか安らぎとかを、そのまま音にしたような。

「ひ」

すぐそばで小さな声がした。続いて、控えめに鼻をすする音。痙攣《けいれん》に刻まれた苦しげな呼吸。仁胡瑠が、泣いていた。とても静かな声だったし、彼女は立てた膝に頭を押しつけていたので、気づいた人はほとんどいなかっただろう。依千佳は思わず息を吞み、慎重に雑誌から指を離すと眠ったふりをして寝返りを打った。ひたいを、妹の背中に押し当てる。

五分ほど背を震わせ、妹は顔を上げた。シャツの袖で頰をぬぐい、横倒しにしてテーブルの下に入れてあったキャリーケースを引っ張り出す。蓋を開き、中からビーズやパーツ、いくつかの工作道具を取り出した。それらをテーブルの上に広げ、背を丸めて作業を始める。

触れ合わせた肌が自然と離れ、依千佳はそのまま短く眠った。

*

台所から、薄甘い穀物の匂いが漂ってくる。

とうもろこしを使った炊き込みご飯を作っているらしい。実際の手順は、仁胡瑠にはさっぱり分からない。朝採りのとうもろこしが買えた、と買い物に出かけた依千佳が重そうなエコバッグを肩にかけて嬉しそうに帰ってきたのだ。どこで買ったのだろう。スーパーかな。それとも、駅前で朝市でもやっていたのだろうか。

地域の人が集まる場所に行って、いやな思いをしなかっただろうか。

唐突に不安が込み上げ、作業途中のストラップから、ちゃぶ台の向かい側に座る姉へ、仁胡瑠はそっと目を滑らせた。白いリネンのシャツを着た依千佳は、涼しい顔で大量のさやいんげんの下ごしらえをしている。青々とした細長い実のへたを折り、ツー、と引っ張って筋を取る。へたに爪を立てる瞬間の、ぷちっという気の抜けた音と、金属のボウルに実を落とした際の、ぼわんと反響した音が交互に上がる。生の豆の青くさい匂いもうっすらとする。

依千佳がこちらを見た。続いて壁時計を見上げ、心持ち口をとがらせる。

「まだだよ、あと三十分。なに、もうお腹空いた？」

昼食の支度のことを言っているのだ。ご飯が炊けるまで、あと三十分かかるということだろう。確かに少し空腹感はあるけれど、我慢できないほどではない。仁胡瑠は首を左右に振り、手元に目を戻した。

堂島から依頼を受け、最近の流行りだという透明度の高い天然石を使ったストラップを作っていた。一つの会社を興すほどだった昔に比べれば冗談みたいに薄い儲けだが、ＮＩＣＯＬ名義のアクセサリーはまだ一定の売れ行きが見込めるらしく、百個単位で買い取ってもらえるのがありがたい。商売が下火になった実家に二人も出戻ったのだから、お金はできるだけ入れたかった。

天然石の微妙な色合いを確認するため日当たりのいい居間で作業をしていたら、炊き込みご飯の仕込みを終えた依千佳が後からやって来たのだ。それから一時間半、特に話すこともなく姉妹で別々のことをしながらちゃぶ台を囲んでいた。

ビーズの間からはみ出たテグスを切り落とし、作りかけのストラップが完成する。

静かだな、と思った。姉はあくびを噛み殺している。

「ねえ」

呼びかけたのは、なにかを聞き忘れている気がしたからだ。アクセサリーの経理のことだったか、それとも三日前にイヤホンなくしたんだけどどこにあるか知らない？　だったか。気が緩んでいて、脳できちんと問いかけを組み立てるよりも先に、口が動いてしまった。

「――なんで」

そして、自分が彼女にずっと聞きたかったことを思い出し、舌がとまった。

依千佳は少し目を大きくして、不思議そうにこちらを見ている。

「なんで」

ああ、上手な聞き方が分からない。姉を、傷つけたいわけじゃないのだ。不思議だったから。本当に、不思議だったから。なにがあなたを変えたのか、分からなかったから。

「なんで……」

どうしてあの人が変わったのかも、分からなかったから。

依千佳の表情が硬くなる。仁胡瑠は細く息を吸って、言葉を発した。

「なんで、大きな会社で働く人は、自分の仕事の重要な部分を他の誰かに決めさせて、どんな指示を受けても、それに応えて当たり前だって、思うの？」

「みんながみんな、そう思うわけじゃないよ。会社の方針と合わなくて、転職する人ももちろんいる」

仁胡瑠は依千佳を見つめ続けた。でも、あなたはそうしなかった。言葉にしなくても、充分に意図は伝えられた。依千佳は光るボウルのふちに目を落とし、ゆっくりとまばたきをして、また顔を上げた。

「ずっとそうやって走ってきたから、それ以外の生き方が分からなかった」

草を踏みしだく感触が足の裏に伝わる。仁胡瑠は息を呑んだ。

「そうなの？　そういうことなの？」

走っているのは自分だけだと、なぜだか思っていた。でも違う。依千佳も、あの人も、本当は走っていたのだろうか。それぞれの草原で、それぞれのゴールを目指して、一人で。

あの人のゴールはなんだったのだろう。

——私にだって人生があるの、想像したことないでしょう！

聞いておけばよかった。運命の相手だなんて思い込まずに、それを聞いて、走る姿をきちんと見ておけばよかった。考えていると、依千佳が口を開いた。

「私も聞きたいことがある」

「なに？」

「自分の仕事の重要な部分を、他の人に決められてしまったら、仁胡瑠ならどうする？」

「やらない」

「……ま、そうだろうね」

依千佳は少し笑った。苦いものの混ざる表情だった。言葉が足りなかったかもしれない。仁胡瑠は五秒考えて続けた。

「やれない、の方が正確かもしれない。私は私の中で、こういうことだ、頑張ろうって筋道が立った仕事じゃないと、力を出せないし、うまく機能できないの」

「でも、自分の中で筋道が立たないことだって、やらなきゃいけない瞬間はたくさんあるでしょう」

「あっても、やれない」

「そんな……そんなわがままが、通用すると思う？」

依千佳の瞳に、ひらりと不安げな色がよぎった。姉は、どうしてこんなに心細そうな顔をするのだろう。仁胡瑠はいまいち彼女の本心がつかめずに、首を傾げた。

「本人にとって重要なことなら、それはわがままじゃないでしょう。あと、通用するしないとかの話じゃなくて、私にやれないことがあるのはもう、仕方ないことだもの。子供の頃からそうだよ。依千佳みたいにはできないことばかりだった。でも、そういう自分と、付き合っていくしかないから」

「……そう」

わかった、と一つ頷き、依千佳は取り終わった豆のへたや筋を捨て、実の入ったボウルを手に立ち上がった。台所から水を使う音、炒め物を作る音が流れてくる。

昼食に備え、仁胡瑠は広げていたパーツや道具を片づけた。ちゃぶ台の端にはガラス製の金魚鉢が置かれ、塩浴中の和金が一匹入っている。ひらり、ひらりと朱色の尾びれが、視界の端で可憐にひるがえる。

「できたよ。運ぶの手伝って」

依千佳はさやいんげんと厚切りのベーコンの炒め物を盛りつけた大皿をちゃぶ台の真ん中に置いた。隣には、土鍋で炊いた黄金色のとうもろこしご飯が並ぶ。仁胡瑠はのろのろと立ち上がり、取り皿や麦茶をちゃぶ台へ運んだ。最後に依千佳がたたききゅうりの梅和えが入った小鉢と二人分の箸を持ってきて、席に着く。

いただきます、と手を合わせて食事を始めた。仁胡瑠はさっそくとうもろこしご飯に箸を伸ばした。奥歯でほくりと噛み潰すと、ほのかな甘みとバターの風味がしみじみと口の中に広がった。

「香ばしくておいしい」

「味つけ、バター醤油にしたんだけど、しょっぱくない？」

「んーん、全然。ちょうどいいよ」

さやいんげんも、癖のある香りと素朴な甘みが舌の上で弾け、季節をそのまま口に含んだような幸福感を誘った。窓の外で、雀が鳴いている。

このまま生きて、いくのだろうか。口を動かすうちに、意識の底から泡のような思考が立ち上った。このまま自分も、姉も、多くを望まず、頼まれ仕事や家の手伝い、目の前の家事を淡々とこなして、季節の野菜がおいしいだとか近所の子供や犬猫がかわいいだとか、そんな無害で他愛もない喜びを拾い集めて生きていくのだろうか。

「お腹空いたー。いい匂いねえ」

「あ、じゃあ私、店に出るよ」

客が途切れたのだろう。店舗から母親がやってくる。代わりに先に食べ終わっていた依千佳が席を立った。未使用の取り皿と箸を母親の前に置き、自分は店へと出ていく。

「依千佳はこういうの作ってくれるからえらいねえ。手間を惜しまないっていうか、マメっていうか。土鍋で炊き込みご飯なんて、しばらくやってなかったわ」

「……うん」

テレビをつけ、昼のニュースを観ながら昼食をとる母親の呟きに生返事をする。そうだ、そういえば依千佳は器用なタイプだった。マメで、器用で、人当たりが良いのだから大層モテる。

事件のほとぼりが冷めたら適当に働きに出て、そこで誰かと恋をして結婚、なんてことも普通にありそうだ。つらつらと考え事をしたまま、仁胡瑠は自分の茶碗に盛ったご飯を食べ終えた。

気がつくと、ちゃぶ台の上は片づけられていた。母親はどこかへ行き、自分のそばには金魚しかいない。テレビも消されている。もうあんたはいつも自分勝手にぼーっとして、ちょっとはお姉ちゃんを見習いなさいよ、なんて小言が聞こえてきそうな取り残されっぷりだ。というかこんなにくっきりと声が想像できるからには、きっと数分前に言われたのだろう。

仁胡瑠は息を吐き、先ほど片づけた仕事道具を取ってこようと腰を浮かせた。無理なく納品するため、今日はあと五つほどストラップを仕上げたい。

金魚鉢の和金が、柔らかい動作で泳ぐ向きを変えた。

——なんのために働いた？

数日前、姉に投げかけた自分の声を思い出す。

そしてその問いに自分で答えたあとにやってきた、窒息しそうな苦しみも。

普通、だとか、地道、だとか、平凡、だとか、無欲、だとか。そうした生き方で満たされるなら、私たちはそもそも事件なんか起こさなかった。火に包まれ、滑稽に踊りながら走ったのは、それだけ欲しいものがあったからだ。

赤みの強い和金の腹を金色の光が流れる。身をよじるたび、色の濃淡が妖しく揺れる。

まるで、砂金をこぼしたみたいだ。

そう思った瞬間、頭の中でぱちんと光が弾けた。仁胡瑠は立ち上がり、自分の部屋へ駆け込んだ。クローゼットに詰め込まれた、ポーラスター時代に掻き集めた大小様々なハンドメイド素材をひっくり返す。ビーズ、そうだガラスビーズだ。三年ほど前に業者からサンプルとしてもらった、外径が二ミリにも満たない特小の、透明で、暖色とゴールドが詰め合わせになったセット！　そこに別途購入した青や紫、ピンクのビーズを合わせる。金魚そのものの配色ではなく、鱗の表面を光が流れたときにふわっと浮かぶ、火を想起させる色がいい。赤いビーズは使わずに、赤を表現できないか。透明なビーズが重なって、角度次第で赤く見えてくるような。

手順に落とし込むのにもどかしさを感じるほどの速度で、明瞭なイメージが脳に広がっていく。次はこうする、こうなればより美しくなる、これを表現するにはこの一手間が必要だ。これまでの無数の仕事の断片が嚙み合い、連鎖し、昇る朝日が夜を拭い去るように、地平を埋め尽くすドミノが次々と倒れて扇状に広がっていくように、それを表現するのに必要な道筋がすべて、始まりから終わりまで、すみずみまで見えた。

ちゃぶ台にビーズを広げ、一粒ずつテグスに通して編んでいく。ビーズで立体作品を作るなんて久しぶりだ。夢中で手を動かすうちに、魚の形が見えてくる。

実際に金魚鉢の中で泳いでいるものよりも一回り大きい、全長十センチほどの魚ができ上がったときには、窓の外がすっかり暗くなっていた。どうやら六時間かそれ以上、集中していたらしい。

てのひらで、生まれたばかりの魚が静かに光を放っている。今まで見たことのない、だけど子供の頃から和金を見るたびに意識の底をよぎっていた、なじみ深い魚だ。

三十数年かけて、やっとこの世に取り出すことができて、嬉しい。

気がつくと、ちゃぶ台の向かいで依千佳が頰杖をついてこちらを眺めていた。

「終わった？」

「あ、ああ、うん。……あれ、母さんは？」

「あんたがいくら話しかけても返事しないから、もう夕飯食べてお風呂行っちゃったよ。私と母さんは、近所でラーメン食べてきた。仁胡瑠にはおむすび作ってあるから、インスタントのお味噌汁と食べな」

「うん、ありがとう」

「その金魚、見てもいい？」

申し出に頷き、差し出されたてのひらに魚を乗せる。依千佳の手は、荒れている。釈放直後に比べればだいぶマシになったが、未だに湿疹が治りきらず、掻きむしった箇所が腫れていた。依千佳は幾度か角度を変えて金魚を見つめ、唐突に動きをとめた。まばたきを刻み、なにか失敗していたかと仁胡瑠が不安を感じるほどの間を空けて、ぽつりと呟く。

「チイコだ」

「え、チイコ？」

「うん」

チイコってあの、子供の頃に依千佳が飼ってた金魚か。もうちょっと小さくなかったっけ？

そう思う間に、依千佳の右目から涙が落ちた。

「え！　なに、どうしたの」

「チイコに会いたかったんだよ……」

「えー」

どうすればいいのか分からず、ひとまず手近なティッシュを数枚手に取って渡す。涙をふく姉を見ながら、仁胡瑠はおぼろげに気づくことがあった。

姉は、自分よりも弱いものをわざわざ好んで庇護したがる偽善的な性質を持っているのだと思っていた。

きっと、違う。彼女にとってチイコは唯一の仲間だったのだ。姉の中に、あの小さな金魚みたいな、大きな存在におびえる魂がいる。背負って生まれた弱さに苦しみ、もがきながら、この人は大人になった。

「あげるよ、それ」

「……え、だめでしょう。そんな」

「試作品だから。だいたい構造はつかめたし、次はたぶん三分の一ぐらいの時間で、もっと綺麗に作れる。……チイコだよ。私の指を通って、依千佳に会いに来たんだよ。これからはずっと、一緒にいるよ」

「はは、ロマンチック。……ありがとう」

手の中で色合いを変える緋色《ひいろ》を穏やかに見つめ、依千佳は柔らかくそれを握りしめた。

「新作は、こういうビーズ細工にするの？」

「んん……どうだろう」

手がかかりすぎて量産はできないし、どうしても単価が上がってしまう。ストラップにするべきかブローチにするべきか、それとも単体のオブジェにするべきかも分からない。商品にするなら、かなり慎重に考えなければならないだろう。

ただ、とても綺麗にできて、心から満足した。

「新作にするべきだよ。だって、こんなに素敵な生き物がそばにいたら、嬉しいもの」

「じゃあ、考えてみるよ」

「ねえ仁胡瑠」

「ん？」

「上手くいくよ。仁胡瑠の願いは叶う。次は大切な人を傷つけずに、目的の場所にたどり着く」

「……そうだといいね」

「そうなるよ。間違えた、って思ったんでしょう？　それを忘れなければ、次に間違えそうになったときには立ち止まれる。道を変えられる。だから、大丈夫なんだよ」

まるで明日の予定でも告げるような、当たり前の確信に満ちた声で姉は言った。

「ありがとう。……私だけじゃなく、依千佳もね」

自分の声はまだ心もとない。でも光る金魚を手にした姉は照れくさそうに眉を下げ、そっと、小さな火が揺れるように笑った。

＊

夜も更けた頃、依千佳は自室で長い時間をかけてスマホに向かい、一通のメールをしたためていた。――せっかくの機会をいただきながら大変恐縮ではございますが、諸般の事情により辞退させて頂きます。皆様のご健勝を、心よりお祈りいたします。

でき上がった文面を三度読み直し、送信ボタンに指をかざす。

――本当に？　なにか大きな勘違いをしていない？　仁胡瑠と私は、違うのに。この場所を離れたら、私にはなにも残らない。後悔するよ。この先もずっと人生は続くんだ。みじめな思いをして、長い時間を生きることになるよ？

色鮮やかなテントの入り口に立つ、不安に青ざめた顔をした女は、自分と同じ姿をしている。

「ごめんね」

息を詰めて送信ボタンをタップする。依千佳は女の荒れた手を引いて、暗い草原へと踏み出した。この女のために闘わなければならなかった。そう気づくまで、本当に長い時間が経ってしまった。

華やかな客入れ音楽が遠ざかる。繋いだ手に力を込めると、明るくて静かな病室で触れた、友人の手の柔らかさが思い出された。きっと彼女も歩いている。依千佳はベッドのサイドテーブルに置いたビーズの金魚を見つめ、自室を出て一階へ向かった。

「どこかで、働きたいんだけど」

台所では、趣味の海釣りから帰った父親がクーラーボックスから取り出した鯵をさばいていた。晩酌のあてになにか一品、作るつもりなのだろう。

「もしお父さんの知り合いで、使ってくれるって人がいたら教えてくれないかな」

血のついた手を洗い、タオルでそれを拭いてから父親はじっと依千佳の目を見つめた。鋭さと圧のある、職業人の眼差しだった。恥や恐れを暴かれる心地になりながらも、依千佳は目を逸らさず、仁胡瑠と同じく色の薄い部分が琥珀のように底光りする父親の瞳を見続けた。

「……お前に、同情的な人間はいる。それでも苦労は多いぞ」

「うん、分かってる」

「そうか、なら、当たってみよう」

浅く頷き、父親はまな板に目を戻した。包丁を滑らせ、鈍い輝きを放つ桃色の身を骨から削ぎ取っていく。居間から母親が観ているのだろうテレビの音が聞こえる。仁胡瑠は自分の部屋にこもっている。

二階へ続く階段に腰を下ろした依千佳はふと、自分がもうサーカスを必要としていないことに気づいた。色鮮やかなテントも従順な動物たちも、大がかりな設備もどこかへ消えた。喝采から遠ざかり、歩けば歩くだけ、夜がほどけていく。

いつしか、とりとめもなく広がる夏草の平原に一人、静かな気持ちで座っていた。少し離れた位置に水面を日差しで染めた川が見える。

川の向こうに、虎がいた。

## 参考文献

『赤い罠―ディオバン臨床研究不正事件』 桑島巖 日本医事新報社
『偽りの薬 降圧剤ディオバン臨床試験疑惑を追う』 河内敏康、八田浩輔 新潮文庫
『医薬品クライシス―78兆円市場の激震』佐藤健太郎 新潮社
『研究不正―科学者の捏造、改竄、盗用』 黒木登志夫 中央公論新社
『医薬品業界で働く』 池田亜希子 ぺりかん社
『ドキドキワクワク論文☆吟味。医学統計ライブスタイル』 山崎力 SCICUS
『商業化する大学』 デレック・ボック著、宮田由紀夫訳 玉川大学出版部

執筆にあたり実際に起きた事件を一部参考にしましたが、人物や団体、裁判の経過等はすべて著者の創作です。

初出　小説新潮２０１９年１月号〜６月号

草原《そうげん》のサーカス

彩瀬《あやせ》まる

発　行　2021年2月25日

発行者　佐藤隆信
発行所　株式会社新潮社
　　　　〒162-8711　東京都新宿区矢来町71
電　話　編集部　03-3266-5411
　　　　読者係　03-3266-5111
https://www.shinchosha.co.jp
印刷所　大日本印刷株式会社
製本所　加藤製本株式会社

装画　河合真維
装幀　新潮社装幀室


ISBN978-4-10-331964-1　C0093
乱丁・落丁本は、ご面倒ですが小社読者係宛お送り下さい。
送料小社負担にてお取替えいたします。
価格はカバーに表示してあります。